novum pro

Wolfgang Bader (Ed.)

novum #15

Volume 1

novum ◢ pro

© 2024 novum Verlag

ISBN 978-3-99146-761-8
Lektorat: Elena Iby
Umschlagfoto:
Roman Stasiuk I Dreamstime.com
Umschlaggestaltung, Layout & Satz:
novum Verlag
Innenabbildungen:
S. 36: Christine Döhler,
S. 106: Dinah Akeer,
S. 107-109, 111: Burkhard Mielke,
S. 136: Bernd Taglieber
S. 160: Karen Franke

Die Quellen der restlichen Bilder sind
in den jeweiligen Bildunterschriften
zu finden.

Die von den Autoren zur Verfügung
gestellten Abbildungen wurden in der
bestmöglichen Qualität gedruckt.

Bibliografische Information
der Deutschen Nationalbibliothek:

Die Deutsche Nationalbibliothek
verzeichnet diese Publikation in
der Deutschen Nationalbibliografie.
Detaillierte bibliografische Daten
sind im Internet über
http://www.d-nb.de abrufbar.

Gedruckt in der Europäischen Union
auf umweltfreundlichem, chlor- und
säurefrei gebleichtem Papier.

www.novumverlag.com

Inhaltsverzeichnis

Nie wieder Rollstuhl fahren

Der Schlag traf mich an einem schönen Augusttag. Ich war 9 Jahre alt und den ganzen Tag in Bäumen herumgeklettert. Plötzlich verdrehte ich die Augen und wurde ohnmächtig. Dieser Tag veränderte mein Leben, ich habe im Kinderballett getanzt, bin gewandert, Ski gelaufen, geschwommen und Rad gefahren. Die Ärzte untersuchten mich mit allen möglichen Geräten, erst eine Woche in Schwerin. Einen CT (Computertomograph) hatten die Ärzte damals noch nicht in Schwerin. Deswegen schickten sie mich nach Berlin ins Krankenhaus und hofften, dort die Ursache meiner Erkrankung zu finden. Das Gerät, mit dem sie mich untersuchen wollten, war aber leider noch 5 Wochen kaputt (typisch DDR). Als der CT wieder repariert war, untersuchten die Ärzte mich und konnten die Ursache finden. Als ich wieder aufwachte (2 Tage nach meinem 10. Geburtstag), war meine gesamte rechte Seite gelähmt, auch der Mund und die Sprache weg – Schlaganfall.

Nach sechswöchiger Diagnose – wer rechnet bei einem kleinen Mädchen schon mit einer solchen Erkrankung – wurde ich operiert, zweimal sogar, denn man vermutete den Verschluss einer Hauptschlagader im Kopf. In dieser Zeit war ich sehr müde und habe nur geschlafen. Mir wurde viel erzählt, was in den ersten 10 Jahren geschehen war, aber ich kann mich leider nicht erinnern. Ich wusste nicht einmal, wann ich geboren war. Unter anderem haben meine Eltern mir auch erzählt, dass ich früher immer Geschichten über Eisi geschrieben habe. Eisi war mein Plüscheisbär, der mich überall hinbegleiten durfte; sogar zu den zwei Kopfoperationen. Ich hatte damals langes Haar und die Schwestern wollten mir nur die eine Seite des Kopfes abrasieren.

Das sah richtig komisch aus, also wenn sie mir schon eine Glatze schneiden mussten, dann auf dem ganzen Kopf. Also hatte ich zweimal eine Glatze. Na ja, schon etwas eigenartig, aber Haare sind ja dazu da, um wieder zu wachsen. Ich versuche mit meiner Heilpraktikerin per Hypnose, die ersten 10 Jahre meines Lebens wieder zurückzuholen. Die niederschmetternde Prognose der Ärzte: Rollstuhl und geistige Behinderung.

Rollstuhl und geistige Behinderung

Aber wer mich zu Hause in Plate besucht, wird dort keinen Rollstuhl finden. Dafür aber eine steile Treppe zum Schlafraum unterm Dach. Und er trifft eine selbstbewusste junge Frau, die sich trotz ihres Handicaps nicht behindert fühlt. Nach einer Woche Rollstuhl fahren, sagte mein Kinderinstinkt, das kann es doch nicht gewesen sein. Rollstuhl fahren kann man das auch nicht nennen, was ich da tat. Ich wurde in einen Rollstuhl gesetzt, aber meine rechte Seite war noch komplett gelähmt, also fuhr ich nur im Kreis. E-Rollstühle gab es 1984 noch nicht. Also stand ich schon nach der ersten Operation ganz allein auf und schob mich an der Wand entlang.

Ich lernte mühsam wieder sprechen, musste Mathe und Deutsch von neuem lernen und mit der linken Hand schreiben. Ein halbes Jahr war ich im Krankenhaus und wurde in der Zeit operiert und wegen der Operationen nachbehandelt. Danach fuhren meine Mutter und ich nach Waldeck, um dort noch ein paar Tipps für mein Handicap zu erhalten.

Die Einrichtung war ein Schloss, ein altes Schloss. Dort waren nur alte Menschen untergebracht. Die Wände waren dunkel und es war für mich ein bisschen gruselig. Aber davon wollte ich gar nicht erzählen. Es ging in der Reha-Einrichtung

darum, dass die Patienten wieder mit ihrem Leben zurecht-
kamen sowie ihren Alltag wieder allein in die Hand nehmen
konnten und keine Hilfe von außerhalb benötigen. Ein Ereignis hat mich dazu ermutigt, immer in Bewegung zu bleiben
und die Übungen zu machen, obwohl das manchmal ziemlich
schwierig war. Eine Dame kam in die Einrichtung und wurde
wieder so rehabilitiert, dass sie wieder mit ihrem Leben zurecht-
kam. Einige Wochen später kehrte sie wieder in die Einrichtung
zurück, ihre eine Seite war wieder komplett gelähmt. Sie hatte
ihre Übungen nicht mehr gemacht und deswegen war ihre Seite
wieder gelähmt und sie war wieder Rollstuhlfahrerin. Rollstuhl
fahren, NIE WIEDER. Ob sie die Frau wieder rehabilitieren
konnten, weiß ich nicht.

Das andere halbe Jahr war ich in der Krankenhausschule und
lernte dort mit links schreiben. Wir haben mit 20 cm großen
Buchstaben angefangen und wurden dann immer kleiner. Meine
Eltern fragten die Krankenhauslehrerin, ob ich wieder in die
„normale" Schule und nicht in die Behindertenschule zurück-
kehren könnte. Daraufhin sah sie in mir Möglichkeiten und be-
mühte sich mit meinen Eltern, das Beste aus mir rauszuholen.
Meine Eltern gaben sich nach dem Gespräch mit der Krankenhauslehrerin mit den trüben Aussichten für mich nicht zufrieden
und arbeiteten versetzt, damit mein Vater mir Mathe und meine
Mutter mir Deutsch beibringen konnte. Sie unterstützten mich
in meinem Bestreben, nicht in die Körperbehindertenschule,
sondern in meine alte Klasse zurückzugehen.

Das heißt, ich habe eine Klasse übersprungen. Verrückt,
oder? Aber irgendwie habe ich es geschafft. Mit sehr viel Mühe,
Ausdauer und manchmal auch Überforderung schaffte ich
es schließlich in die 5. Klasse und hoffte natürlich, es würde
wieder so werden wie früher. Aber das war ein Irrtum, leider. Die
5. Klasse war natürlich auch eine große Umstellung für mich.
Ich hatte in der Krankenhausschule nur Mathe und Deutsch.
In der 5. Klasse kamen viele Fächer dazu. Das hieß für mich

lernen, lernen und nochmals lernen, um überhaupt in der Schule mitzuhalten. Manchmal oder auch oft wurde ich überfordert. Aber in der Behindertenschule wäre ich unterfordert gewesen. Ich war anders, fiel öfter hin, musste oft nach Wörtern suchen. Im Sportunterricht, erinnere ich mich, musste ich zwar immer erscheinen, saß aber nur auf der Bank. Wie langweilig.

Schwerbehinderte oder Behinderte, geistig oder körperlich behindert oder beides zusammen, wurden zu DDR-Zeiten „weggesperrt". Ein kleines Beispiel: Ein Mädchen aus meiner Klasse verhielt sich merkwürdig. Wenn ich zu ihr wollte, ging sie mir immer aus dem Weg. Komisch, aber dann bekam ich heraus, was ihre Eltern zu ihr gesagt hatten. Sie sollte sich von mir fernhalten, da die Erkrankung, die ich hatte, ansteckend sein könnte. Inzwischen kann ich darüber lachen, doch damals nicht. Oder sie beschmierten meinen Stuhl, auf den ich mich später in der Schule setzen sollte. Einmal schmissen meine Mitschüler ihre Schulranzen auf meinen, sodass meine Brotdose kaputtging.

Ich war niedergeschmettert, traurig und verzweifelt, keiner verstand mich oder wollte mit mir spielen. Ich wollte nicht mehr in die Schule gehen. NIE WIEDER. Die Freundinnen verloren das Interesse an mir. Trotzdem biss ich mich durch. Besser wurde es, als wir nach Plate zogen. Dort wurde ich akzeptiert, durfte im Sport mitmachen, was ich mir zutraute. Und das war nicht wenig, denn meine Eltern ermunterten mich, die alten Beschäftigungen wieder aufzunehmen: Wandern, Ski laufen, Rad fahren.

Ich habe die Schule beendet, eine Lehre absolviert und arbeite nun im Versorgungsamt Schwerin. Ich stehe mit beiden Beinen – mit dem rechten vielleicht nicht so fest – im Leben. Und wenn ich zurückdenke, sage ich Sätze wie: „Anfangs konnte ich eben nur mit links lachen." Ich hatte großes Glück.

Ich wollte immer eine Familie gründen, aber ich war mir nicht sicher, ob ich mein Handicap auf meine Kinder übertragen würde. Also ging ich zu einem Spezialisten und fragte ihn. Er war der Meinung, dass mein Handicap ein Zufall war und dass ich Kinder bekommen könnte, aber weiterhin in Bewegung bleiben und natürlich die Übungen machen müsste. Er empfahl mir, die Kinder mit einem Kaiserschnitt auf die Welt zu bringen. Ich wollte immer zwei Kinder haben. Warum? Ich wuchs als Einzelkind auf und dann kam noch der Schlaganfall dazu. Vor mir hatte meine Mutter eine Fehlgeburt, bei der sie fast gestorben wäre. Ich hätte sehr gerne eine ältere Schwester oder einen älteren Bruder gehabt. Der Standpunkt von mir ist: Ein Kind ist zu wenig, zwei Kinder sind perfekt und drei Kinder sind zu viel. Und was das Wichtigste ist: Die Kinder können sich gegenseitig unterstützen und miteinander reden. Als ich die Regionalanästhesie in den Rücken bekam, hoffte ich inständig, dass ich danach wieder laufen konnte. Ich hatte wahnsinnige Angst. Unter uns gesagt, ich hatte nicht Angst um die Kinder, sondern um mich. Aber es ging zum Glück alles gut. Ich habe zwei gesunde Kinder und ich kann wieder laufen. Wenn ich mit den Kindern Termine in der Stadt habe, fahre ich Auto, ansonsten Fahrrad. Ich fahre ein Automatikauto mit Umbauteilen, aber wenn man die Umbauteile herausnimmt, kann mit dem Auto auch jeder andere Mensch fahren.

Ich habe mir letztes Jahr den rechten Arm gebrochen, zum Glück war es nicht der linke. „Mist", dachte ich, „nun kannst du wieder kein Rad fahren". Aber ich habe mich nicht entmutigen lassen und habe wieder mit dem Fahrradfahren angefangen, obwohl ich noch krankgeschrieben war.

Per Rad durch die Rocky Mountains

Doch ich war auf den Geschmack gekommen. „Ich wollte immer nach Amerika, schon als kleines Kind", sagte ich. Zu DDR-Zeiten war dieser Traum nur ein Traum, denn man konnte nicht einfach so ausreisen. Als ich den Schlaganfall bekam, dachte ich, dass ich mir den Traum jetzt erfüllen kann. Aber dann kam die Wende. 1997 machte ich diesen Traum wahr. Mit einem Spezialreisebüro fuhr ich in die Rocky Mountains – und durchquerte sie per Rad. 100 Kilometer am Tag. Auch für meine Eltern war diese Reise eine Herausforderung: Unsere Anne ganz allein und so weit weg, würde sie das durchstehen? Doch spätestens nach meiner überglücklichen Heimkehr waren sie überzeugt, die richtige Entscheidung getroffen zu haben. So radelte ich 1998 nach Las Vegas und 1999 von Seattle nach San Francisco, die längste und schwerste Tour, die über 1275 Kilometer in 3 Wochen ging.

Doch die Anstrengungen machten mich selbstbewusster als jedes Zureden, es hätte schaffen können. Denn, wenn ich auch viel lache und mich cool gebe, ab und zu schimmert die Erinnerung an die Zeit durch, als ich aus der „normalen" Gemeinschaft ausgeschlossen war. Depressionen und sogar Gedanken an Selbstmord hatten mich beherrscht. Acht bis zehn Jahre brauchte ich, sage ich heute, um mein Schicksal zu akzeptieren.

Heute kann ich auf Menschen zugehen, ohne die rechte Hand zu verstecken, kann mit dummen Bemerkungen über mein Handicap leben. Im Amt, in das ich täglich mit dem Rad fahre (Strecke hin und zurück 28 Kilometer), bearbeite ich Anträge von Behinderten, meist viel älter als ich. Viele staunen, wenn sie die Bilder an der Wand sehen, auf denen ihr Gegenüber mit dem Rad durch die Rocky Mountains fährt. Ein bisschen, sage ich, macht es ihnen Mut, sich nicht aufzugeben. Neben dem Radfahren – 5000 bis 6000 Kilometer im Jahr – treibe ich Sport, zweimal in der Woche.

Vor einigen Jahren sind wir nach Sukow gezogen.

Vielleicht interessieren Sie sich für meine Lebensgeschichte und würden sie sogar in einem Film oder in einem Buch niederschreiben.

Mein nächstes Ziel ist eine Tour durch die Welt mit dem Fahrrad (natürlich nicht mit einem E-Bike, sondern nur mit Muskelkraft). Ich radle für den Frieden in der Welt und für die Indianer, deren Kultur und deren Sprache.

Meine Tour soll in Alaska beginnen und dann an der Westküste von Amerika entlangführen. Als ich die Strecke von Las Vegas und Umgebung mit dem Rad gefahren bin, sind wir bei der Tour auch gewandert. Als Highlight war die Durchquerung des Grand Canyons geplant. Ich konnte die Wanderung leider nicht mitmachen, da ich davor mit dem Fahrrad gestürzt war und mir dabei das linke Handgelenk verstaucht hatte. Diese Wanderung würde ich in der Zukunft liebend gerne nochmal durchführen.

Nach der Grenzöffnung fuhr ich mit meinen Eltern in die Alpen und unternahm dort in Bayern und in Österreich viele lange Wanderungen, manchmal auch mit Übernachtungen in den Bergen. Wir wanderten auch einmal auf den Hochkönig; 6 Stunden Aufstieg und am nächsten Tag 4 Stunden Abstieg.

Zum Skifahren fuhren wir nach Norwegen und übten dort Skilanglauf aus. Manchmal fiel ich in den tiefen Schnee, aber ich rappelte mich dann wieder auf und fuhr weiter.

Weiter sollte die Tour an der Westküste bis nach Kap Horn gehen und dann an der Ostküste wieder zurück. Danach fahre ich mit dem Fahrrad vom Nordkap an der Westküste Norwegens bis nach Neuseeland über China sowie Tibet und Japan. In China hatte ich auch schon einmal vor, mit meinem Vater mit dem Fahrrad über die chinesische Mauer zu fahren. Aber als wir in China waren und die chinesische Mauer gesehen haben, war sie uns doch zu steil und unwegsam.

Es gibt bestimmt noch viel zu erzählen über die DDR-Zeit, die Wendezeit und über die jetzige BRD-Zeit sowie über meine Lebensgeschichte.

Kurz vor meinem Schlaganfall im Urlaub in Ungarn
Copyright: Roswitha und Wolfram Bober

Sommer 1985 nach meiner 2. Operation
Copyright: Roswitha und Wolfram Bober

In San Franzisko
Copyright: Rainer Schröder

Im Red Canyon
Copyright: Rainer Schröder

Copyright: Belana-Marie Bober

Digitale Transformation in Deutschland
Mehr Herausforderung als Chance?

Es war in den 90er Jahren, als die Umstellung von Schreibmaschinen auf PCs umgesetzt wurde. Ich selbst habe miterlebt, dass Mitarbeitende, die ein gewisses Alter erreicht hatten, diese Umstellung nicht mehr mitmachen mussten. Wahnsinn diese Regelung! Denn das führte in manchen Büros, in denen zwei Teilzeitkräfte arbeiteten, dazu, dass vormittags auf Schreibmaschine gearbeitet wurde und nachmittags das Ganze nochmal in den PC abgetippt werden musste. WOW!

Was hat sich fast drei Jahrzehnte getan, was wurde umgesetzt und wo stehen wir heute? Klar, der PC hat Einzug gehalten und ist als Arbeitsmittel nicht wegzudenken, ob als Notebook oder in welcher Form auch immer. Ja, wir telefonieren über das Internet und nicht mehr über eine Telefon-Leitung. Sicher, wir haben Programme im Einsatz, die die deutlich höher gewordene Komplexität überhaupt abbilden können. Natürlich, die Leistungsfähigkeit der Geräte ist signifikant gestiegen und die technischen Geräte selbst haben im Gegenzug sowohl an Gewicht als auch an Größe deutlich verloren.

Das ist Digitalisierung hierzulande im Jahr 2023? Aus einigen Bereichen werden Aussagen kommen, die auf eine digitale Beantragung von Leistungen oder automatisierte Produktionsverfahren hinweisen. Zurecht, denn die gibt es. Andere wiederum werden lautstark darauf hinweisen, dass Rahmenbedingungen wie Gesetze (z. B. das Online-Zugangsgesetz, OZG) sowie Entscheidungsebenen im Sinne eigener politischer Ministerien für Digitalisierung geschaffen wurden. Auch das ist völlig zutreffend und nicht von der Hand zu weisen.

Viele weitere Ankündigungen wurden ausgesprochen. Oft ist zu hören, dass immerhin schon mit der Umsetzung begonnen wurde, dass wichtige Schritte auf den Weg gebracht worden seien oder dass in Kürze mit diesem und jenem zu rechnen sei. Wie sieht es aktuell wirklich aus in unserem Land, das einst Vorbild für seinen Pioniergeist und seine Qualität „Made in Germany" war? Bist du als Leser der Meinung, dass hier alles in gewünschten Bahnen verläuft, oder eher der Auffassung, dass sich an dieser Stelle dringend und zeitnah etwas Entscheidendes verändern sollte? Und wenn ja, was müsste wirklich geschehen, um die dringend benötigte Entwicklungsgeschwindigkeit zu erreichen?

Ich lege die aus meiner Sicht wichtigsten Faktoren dar und erkläre die drei magischen Schlüssel, wie sich das in nächster Zeit ändern kann.

Wo stehen wir aktuell mit der Digitalisierung?

Unbestritten stehen wir schon seit geraumer Zeit und auch in Zukunft vor umfangreichen technischen und organisatorischen Herausforderungen. Doch einige Versuche zu deren Bewältigung gleichen einem Trauerspiel. Zum Beispiel verpflichtet das 2012 erlassene E-Government-Gesetz nach Art. 2 Abs. 1 Behörden, einen Zugang für elektronische Dokumente zu haben. In der Begründung heißt es, dass mit einem E-Mail-Postfach die Voraussetzung erfüllt wird. Ergebnis: Der Bund hat seine Hausaufgaben gemacht. Das hat doch mit der Realität und auch mit der Erwartungshaltung der Menschen und Unternehmen nichts zu tun!

Statt einer einheitlichen Alltagstechnologie bei Bezahlmöglichkeiten oder elektronischer Aktenführung gibt es einen Flickenteppich und zahlreiche Insellösungen. Etliche Länder in Europa bieten seit Jahren den Zugang zu sämtlichen Ver-

waltungsleistungen über **einen** elektronischen Zugang oder
ein Portal an. In Deutschland gilt es als Meilenstein, ein PDF-
Formular am Monitor auszufüllen, dann auszudrucken und
zu unterschreiben. Die empfangende Behörde erfasst dann die
Daten manuell und legt den Vorgang – selbstverständlich als
Papier – zum Nachweis korrekten Handelns und zur recht-
lichen Absicherung zu den Akten. Solche Vorgehensweisen
kennst du sicher auch.

Woran liegt das? – Eine Zusammenstellung der Gründe

Es gibt sicher zunehmend mehr so genannter „wicked issues",
also unklare Problem- und Zielvorstellungen mit entsprechenden
Handlungsmöglichkeiten. Was gibt es noch? Ein unsicheres
Handlungsumfeld – zusätzlich vernebelt durch Fake News etc.
   Kultur und Mindset in vielen Behörden und manchen Unternehmen sind durch das Bemühen um Sorgfalt und Rechtmäßig-
keit sowie Abstimmung nach allen Seiten gekennzeichnet. Im
Bestreben nach juristischer Perfektion und Absicherung dauern
diese Handlungen oft zu lange und der Vorgang wird stark ver-
kompliziert. Kennst du den Film „Asterix erobert Rom" mit
der Suche nach dem Passierschein A38 im „Haus, das verrückte
Leute macht"? – Sehenswert und treffend, oder nicht?

Die Vielzahl rechtlicher Bindungen in unserem Land erschwert
pragmatisches Handeln zudem. Es fällt unglaublich schwer,
statt einem Entweder-oder ein Sowohl-als-auch verschiedener
Ansätze zu akzeptieren. Die Unternehmen sind im Vergleich
zur Verwaltung häufig asymmetrisch organisiert. Während
Behörden in Zuständigkeiten denken und nach Kompetenzen
handeln, stehen ihnen Netzwerke, Communities, Bewegungen

oder Clans gegenüber. Die Klärung von Zuständigkeitsfragen steht für viele Beteiligte vor der eigentlichen Aufgabe. Ein solcher Gedanke darf bei den Digitalisierungsvorhaben keinesfalls eine Rolle spielen! Ausstattung und Logistik sind oft veraltet, überkommene Haushaltsgrundsätze verhindern häufig einen ganzheitlichen, problemadäquaten Einsatz finanzieller Mittel.

Problematisch sind die Ängste, die bei den Entscheidungsträgern dazu einhergehen. Abweichungen werden nicht gewagt, weil ansonsten Rügen oder Sanktionen durch Prüfinstanzen drohen. Vertraute Gewohnheiten (Achtung Komfortzone!) wie die Orientierung am Regelfall, Vollzugsmentalität und Risikoscheu erschweren neue Wege. Handeln und Verfahren erfolgen häufig sequenziell und linear, obwohl manchmal iterative und rekursive Prozesse schneller zum Ziel führen würden.

Dazu kommt in Behörden häufig ein klassisches Amtsverständnis, das Offenheit und Kooperation skeptisch gegenübersteht. Ergänzt wird dies durch klassisches Silodenken, Entscheidungshoheiten und Machtkämpfe. Das ist leider keine an den Zielen orientierte Kultur des Miteinanders.

Wohin führt das? Zu fehlender Strategieorientierung, unklaren Arbeitsaufträgen und Unzufriedenheit bei vielen Mitarbeitenden und Führungskräften. Es führt zum Festhalten an althergebrachten Abläufen („Das haben wir schon immer so gemacht"), zu Parallelbetrieb von digitalen und analogen Abläufen und Medienbrüchen in der Bearbeitung. Die Überzeugung, manuelle Abläufe ungeprüft zu digitalisieren (selbstverständlich inklusive der bisherigen Zuständigkeitsregelungen) sei zielführend, ist ein absoluter Irrglaube! Die digitale Abbildung bestehender Abläufe ist unwirtschaftlich und verfehlt das Digitalisierungsziel um Welten. Jahrzehntelang kultivierte Anweisungen und Verordnungen müssen neu gedacht werden.

Eine nachhaltig effiziente Verwaltung braucht Standards und eine entsprechende Gesetzgebung, und dazu gehört ein konsequentes Denken in End-to-End-Prozessen.

Genug der Problemlagen, wir sollten den Blick Richtung Lösungsmöglichkeiten richten.

Wie kann die Digitale Transformation gelingen – welches sind die magischen Schlüssel für einen funktionierenden Wandel?

1. Kultur/Mindset/Haltung

Zunächst gilt es, das überkommene Denken und Handeln zu hinterfragen und neue Ansätze zu entwickeln. Das erfordert Offenheit und Neugier für neue Entwicklungen sowie das „Über Bord werfen" von jahrzehntelang praktizierten Vorgehensweisen. Eine kritische Prüfung aller bestehenden Abläufe ist zwangsläufig erforderlich, um vorteilhafte Änderungen in damit verbundene Digitalisierungsvorhaben umzusetzen (das fordert im Übrigen auch § 9 des E-Government-Gesetzes!). Es braucht eine ganzheitliche Strategie mit präzise beschriebenen Zielen und Prioritäten, um eine Messbarkeit des Fortschritts zu gewährleisten. Die Strategie muss berücksichtigen, dass die Technologie lediglich als Werkzeug dient. Künstliche Intelligenz, weil sie gerade en vogue ist, ergibt keinen Sinn. Schließlich darf es keine Verordnung von Digitalisierung von oben geben. Alle Beteiligten müssen Abläufe regelmäßig kritisch hinterfragen und anpassen dürfen. Es bedarf einer konsequenten Steuerung sowie klugen und durchdachten Handelns. Eine Einbindung aller Beteiligten ist sinnvoll, insbesondere dann, wenn Digitalisierung über bestehende Organisationsgrenzen hinweg gelingen soll.

Es benötigt also ein Mehr an übergreifender sowie konstruktiv-kritischer Zusammenarbeit statt Befindlichkeiten und darüber hinaus eine partizipative Entscheidungsfindung. Das Ergebnis für die Adressaten der Leistung muss im Vordergrund stehen – die digitale Welt nimmt weder Rücksicht auf Föderalismus, Zuständigkeitsfragen oder einzelne Arbeitsschritte eines Verfahrens.

Notwendig ist die Betrachtung gesamter Verfahrensabläufe – von der Entstehung bis zum Ergebnis, die Definition klarer Verantwortlichkeiten für den Prozess sowie eine Akzeptanz für kurzzeitige Fehlentwicklungen in Öffentlichkeit und Politik. Sie entstehen zwangsläufig und sind als Chance zu betrachten. Dann kann es auf gar keinen Fall sein, dass Föderalismus und Datenschutz noch länger als Schutzschild für die angebliche Unmöglichkeit von Veränderungen dienen dürfen.

Ein weiterer Hebel zum Ansetzen ist das WIR-Denken. Dazu gehört mehr Prozessdenken und -orientierung durch den vermehrten Aufbau ganzheitlicher Prozessstrukturen, eine klare Rollendefinition, einheitliche Modellierungskonventionen, branchenweite, klare Standards und eine gemeinsame Sprache über Abläufe. Dazu gehört ebenso mehr Diversität. Die beginnt bei der Personalgewinnung (aktiv auf unterrepräsentierte Gruppen zugehen) und sollte gezielte Sprechstunden für Menschen mit Migrationsbiografien der Generationen Y und Z sowie zielgerichtete Social-Media-Kampagnen als optimale Grundlage für ein WIR-Gefühl enthalten. Fachliche Diversitätsmerkmale sind in den Fokus zu rücken, der Quereinstieg ist deutlicher in den Blick zu nehmen. Mehr gemeinsame Rituale sind wichtig. Gespräche, Austausche und Brainstormings in den dafür erforderlichen geeigneten räumlichen Möglichkeiten gehören ebenso dazu wie unterschiedliche Perspektiven, die wiederum Motor für Kreativität und Innovation sind. Etablierte Rituale wie Coffee-/Tea-Breaks, Weekly-Stand-ups im Team, bereichsübergreifende Kreativ- und Innovationsprozesse, verwaltungsweite Austauschformate stellen eine wichtige Grundlage für das Gelingen dar.

Zusammenfassend braucht es also den Mut und den Willen, wieder mehr konstruktiv-kritisch in den Austausch zu kommen. Die Wahrheit ist, dass jede Organisation es selbst in der Hand hat, Einstellung, Haltung und Kultur zu beeinflussen.

2. Führungskräfte/Leadership

Führungskräfte müssen zwingend Vorbilder sein, welche die Umsetzung der digitalen Transformation proaktiv begleiten und kurzfristig und agil auf Fehlentwicklungen reagieren sowie geeignet entgegensteuern. Das fällt in Organisationen, die an Recht und Gesetz gebunden sind, schwerer – da sie glauben, per se keine Fehler machen zu dürfen, was einer jahrzehntelangen Prägung dieses Glaubenssatzes entspricht. Es benötigt ein Umdenken – mehr Ehrlichkeit und weniger Hochglanz, einen konstruktiven Dialog, mehr Anpacken sowie deutlich mutigere und konsequentere Entscheidungen für Veränderungen. Weniger Skepsis, dafür mehr Optimismus ist gleichfalls eine wichtige Voraussetzung für eine wirksame digitale Transformation, wie weniger Gremien ohne die erforderliche Expertise.

Es braucht bessere Prozesse, die an den Bedürfnissen der Nutzenden ausgerichtet sind. Um einen Mehrwert durch digitale Transformation zu erzielen, sind Zugriffsmöglichkeiten auf bereits vorhandene und verifizierte Informationen erforderlich – bedeutet ein Umdenken bei Bund, Ländern und Kommunen. Bei der Durchführung des Zensus zum Beispiel verstehen die Bürgerinnen und Bürger nicht, weshalb bereits vorhandene persönliche Daten erneut abgefragt werden müssen.

Was bedeutet das für die Führungskräfte von morgen? Sie dürfen Sachverhalte nicht mehr als abgeschlossen betrachten, sondern müssen Versuche und Experimente fordern und fördern. Sie sollten Fehlerfreundlichkeit als Chance zum Lernen zulassen, statt Erfahrungen und Praktiken als unabänderlich anzusehen. Sie sollten situative Flexibilität mitbringen und Weiterentwicklung im Rahmen des gesetzlichen Auftrags vorantreiben, statt alles durch Gesetze vorbestimmt anzusehen. Arbeit und Kosten sind als werbewirkend und nicht vorhersehbar zu betrachten. Die Leaderinnen und Leader von morgen sollten einen neuen menschenzentrierten Ansatz verfolgen. Nach außen eine Nutzenden- und Lernendenzentrierung, nach innen Mitarbeitendenzentrierung sowie Zusammenarbeit mit KI. Persönliche Verantwortung geht vor Normen und Systemen – Neutralität und Transparenz erweitert um (digitale) Gerechtigkeit und Verantwortung. Hinzu kommt ein nachhaltiges Handeln, welches Initiativen und Innovationstätigkeit erfordert, die von Evaluation und Lernen begleitet sein müssen.

Dieses Vorgehen wird nicht nur Anhänger finden und dennoch braucht es künftig beide: Stabilität und Kontinuität genauso wie Wandel und Disruption, rechtsstaatliches Handeln und klassisches Berufsethos genauso wie Public Entrepreneurship. Die Kunst wird sein, je nach Situation angemessen auszuwählen. Entscheidend ist das Wissen um mögliche Spannungen, organisatorisch genauso wie in der Orientierung an Zuständigkeiten oder Wirkungen. Masterpläne konkurrieren mit Experimenten, Regelarbeit mit New Work und Generalisierung mit Personalisierung. Das Statusdenken mit eingegrenztem Aufgabenbereich mit dem Streben nach Job-Enrichment.

In aller Konsequenz braucht es Führungskräfte, die sich selbst führen und ständig weiterbilden, mit einer hohen Ambiguitätstoleranz. Sie verfügen idealerweise über eine neue Datensensibilität und eine digitale Souveränität, Netzwerkfähigkeit sowie neue Instrumente und Anreize für das Führen aus der Distanz (Home-Office).

Sie sprechen Mitarbeitende absolut differenziert an, um bei ausdrücklich gewünschter Diversität eine Kohärenz der Verantwortung für Organisationsziele zwischen Unternehmen und Einzelwünschen/-initiativen der Mitarbeitenden zu gewährleisten. Leadership soll die Mitarbeitenden stark machen. Agile Führung geht daher mit Aufgaben zur Probe und zum Lernen, Ermunterung zu neuen Wegen mit Toleranz und Weitblick, aber auch Loyalität gegenüber den Mitarbeitenden einher.

Die Aufgabe der Führungskräfte ist es, Beziehungen zu anderen Menschen zu knüpfen, die dem Kulturwandel offen gegenüberstehen. Sie sind Fürsprechende für die Veränderung sowie Widerstandsmanagende im eigenen Team und Coach für die Mitarbeitenden. Hilfreich ist eine Kommunikation der heruntergebrochenen Vision auf die einzelnen Mitarbeitenden und deren Auswirkung/Bedeutung. Die Leitung des Unternehmens/der Behörde muss den Kulturwandel ohne Wenn und Aber vorleben, um glaubwürdig zu bleiben, sonst wird das Vorhaben scheitern (Vorbildfunktion). Und ohne professionelle Begleitung der Menschen lässt sich ein Kulturwandel nicht umsetzen.

3. **Die wichtigsten Menschen bleiben die Mitarbeitenden**
Jeder Kulturwandel gelingt nur unter Mitnahme der Mitarbeitenden, heißt mit professionellem Change-Management unter besonderer Betrachtung der menschlichen Seite des Wandels parallel zum Projektmanagement. Das ist durch Change-Agents als Unterstützung und aufgeschlossene Mitarbeitende als Multiplikatoren, die eine gute Grundlage für ein späteres Netzwerk darstellen, möglich.

Allein mit rationalen Argumenten sind die Mitarbeitenden jedoch nicht mehr zu erreichen. Es geht vielmehr um Emotionen und gutes Storytelling. Die vorhandenen negativen Emotionen müssen aufspürt, Sorgen und Ängste verstanden werden. Angebotene

Lösungen sind mit Bildern, Videos und einer emotionalen Ansprache auf die Mitarbeitenden zuzubewegen. Warum? Weil sich auf diese Art einprägsamer kommunizieren lässt. Wähle dazu Personen aus, mit denen sich die Menschen gut identifizieren können, und binde gegebenenfalls presseerfahrene Personen als Unterstützung ein.

Der wichtigste Schlüssel bei Kulturwandel und Veränderung ist stets die Kommunikation. Was verändert sich, und warum? Vor allem, was habe ich davon? Das sind die Fragen, die im Raum stehen. Akzeptanz findet nur statt, wenn die Vision klar herausgearbeitet und transparent kommuniziert worden ist. Die direkte Führungskraft muss den Mitarbeitenden ihren individuellen Beitrag erläutern, Kontakte zu Fürsprechenden knüpfen, selbst Fürsprecher sein und das Herunterbrechen der Vision auf den eigenen Arbeitsbereich kommunizieren.

Vom Start mit einer IST-Analyse über die Einbindung möglichst aller Stakeholder in das Projekt kann eine Implementierung gelingen. Im Rahmen einer Maßnahmendefinition (z. B. einem Workshop, einem Tag der offenen Tür o. Ä.) sind folgende Schritte unentbehrlich:
1. Bewusstsein schaffen
2. Wunsch wecken, teilzuhaben
3. Wissen vermitteln
4. Möglichkeit zum Können schaffen
5. Verankerung

Wichtig ist, erst das Interesse zu wecken und dann die Schulungen durchzuführen – nie umgekehrt! Veränderungen müssen mit entsprechender Technik, aber auch Arbeitsplatzrichtlinien oder Ähnlichem begleitet werden.

Nach der Umsetzungsphase sollte der Maßnahmenerfolg evaluiert und geprüft werden, wie die Mitarbeitenden zur veränderten Arbeitsweise stehen beziehungsweise wo nachjustiert werden muss. Übrigens: Nicht alle werden für eine solche Veränderung sein. Es gilt, möglichst viele mitzunehmen, die Umstellungszeit möglichst kurzzuhalten und möglichst viel Geplantes umzusetzen.

Was bedeutet also Digitale Transformation für Behörden und Unternehmen? Die Digitale Transformation ist ein CHANGE-Projekt, sie bedeutet Veränderung und lässt sich nicht auf einzelne Bereiche reduzieren. Der Wandel bedeutet Veränderung. Was muss passieren? Es MÜSSEN Silos und Fürstentümer aufgebrochen, eingefahrene Rituale und Prozedere abgeschafft werden. Worum geht es denn wirklich? Darum, dass nicht der Erfolg eines einzelnen Bereiches, einer einzelnen Organisationseinheit, sondern das Gesamtergebnis zählt. Es geht vielleicht nicht gleich um die Existenz, es geht aber schon jetzt um die Position im Kampf um Attraktivität am Arbeitsmarkt und um die Zufriedenheit der Menschen in unserem Land, die mit ihren Steuern das Gemeinwesen finanzieren.

Was hat das ganz praktisch für Konsequenzen? Menschen und Organisationseinheiten müssen Macht abgeben. Es geht nicht mehr um verletzte Eitelkeit, den Bruch von Vertrauensbeziehungen oder den Verlust von Loyalität. Es geht darum, sich von Traditionen zu lösen. Die Einstellung von Fachkräften reicht nicht und „Nein, das macht nicht die IT!". Der **CHANGE braucht Mut** – und der **MUSS von oben kommen!** Die **Verantwortung MUSS auf der Entscheidungsebene liegen**, das **Mindset MUSS sich vom Keller bis unters Dach ändern!** – Die **Digitale Transformation MUSS Chefsache sein!** Sie wird ganze Strukturen und Bereiche komplett verändern.

Der ehemalige CEO von Microsoft, Steve Ballmer, sagte dazu sinngemäß: „Es darf keine Delegation der Storyteller-Aufgabe, der Aufgabe der Kulturentwicklung und der entsprechenden Personalentwicklung geben – das ist Chef(innen)sache!"

Die Frau am Fenster

Nachdenklich steht sie am bodentiefen Fenster im Wohnzimmer und beobachtet den Regen. Die schwarze knöchellange Jogginghose wird mit Hilfe eines Gürtels über ihre vom abgemagerten Körper stark heraustretenden Hüftknochen festgehalten. Über den Oberkörper hat sie sich ein einfaches weißes Rundhals-Shirt gezogen. Die zwei kleinen Löcher in Höhe des Bauchnabels interessierten sie dabei nicht. Sie legt keinen Wert mehr auf ihre Bekleidung. Ihre fahle, blasse Haut ähnelt eher der einer Leiche als einem Menschen. Die eingefallenen Wangen lassen die Jochbeine noch prägnanter wirken. Tiefliegende Augen, umgeben von dunklen Schatten, strahlen Traurigkeit und Angst aus. Die ausgefallenen Augenbrauen wurden provisorisch mit einem Stift nachgezeichnet. Ihre Lippen sind schmal, spröde und leicht bläulich.

Beim Drehen ihres Kopfes verrutscht ein wenig ihre dunkelbraune Bob-Perücke, die ihren kahlen Kopf verdecken soll. Sie kümmert sich nicht darum, sondern konzentriert sich auf das Lied „Am Fenster" ihrer Lieblingsband City, welches gerade aus dem kleinen Radio erklingt. Das Radio läuft fast ununterbrochen, um die eisige Stille der Wohnung und ihre Einsamkeit zu übertönen.

Sie wendet sich wieder dem Fenster zu. In der linken Hand hält sie die Tasse mit dem fast ausgetrunkenen Kamillentee, der nur bedingt gegen ihre Übelkeit hilft. Mit ihrem schmalen rechten Zeigefinger malt sie die Wege eines Regentropfens auf der Scheibe nach, die, wie stellvertretend für ihre vielen nicht geweinten Tränen, dort entlangläuft. Was für ein ungerechtes Schicksal, denkt sie sich und als wäre es abgestimmt, erklingt in diesem Augenblick die melancholische Geige des Liedes zur dramatischen Untermalung ihrer Gedanken.

Instinktiv greift sie sich an ihre rechte Brust, doch da ist nichts, was man anfassen könnte. Stattdessen ist dort eine 10 cm lange wulstige Narbe, die täglich ziehende und brennende Schmerzen verursacht.

Sie war mal eine starke, fest im Leben stehende, schöne Frau mit langen dunkelblonden Haaren und einem schräg geschnittenen Pony, der keck ihre dunkelbraunen Augen betonte. Groß und schlank, mit festem Po und zwei gut geformten mittelgroßen Brüsten, die noch durch keine Schwangerschaft oder Stillen in Mitleidenschaft gezogen wurden. Was nützte ihr das jetzt? Sie fühlt sich machtlos gegenüber ihrer mentalen Schwäche und ihrem von der Krankheit gezeichneten Körper.

Ihre nackten Füße fühlen das glatte Laminat und die Kälte schleicht langsam über ihre Beine empor. Trotz der fast 30 Grad im Monat Juli fühlt sie ständig unangenehme Kälte und sie fängt etwas an zu zittern.

Sie fragt sich, ob es auch vielleicht ihr Herz ist, dessen Kälte sich im Körper ausbreitet. Ihre Gefühle musste sie ausschalten und eiskalt reagieren, sonst wäre sie nicht in der Lage gewesen, ihren langjährigen Freund von sich zu stoßen.

Fünf Jahre waren sie zusammen gewesen und haben Wohnung und Bett geteilt. Sie waren der Meinung, dass sie Seelenverwandte wären, und hatten die gleichen Interessen. Keiner konnte so gut über ihre schlechten Witze lachen. Keiner konnte so gut mit seiner Schusseligkeit umgehen. Sie sind viel zusammen verreist, haben Schönes zusammen erlebt. Sie glaubten, dass nichts ihnen etwas anhaben könnte. Doch dann erkrankte sie und sie wollte und konnte nicht zulassen, dass er ihren körperlichen und seelischen Verfall erlebt. Sie wollte nicht, dass er unter ihren zunehmenden Stimmungsschwankungen leidet, ihre Schwäche wahrnimmt, den schrecklichen Haarausfall sieht, die Schmerzen miterlebt. Insbesondere wollte sie nicht, dass er mitbekommt, wie sie sich täglich erbricht, als würde sie sich wie eine Bulimie-Erkrankte zum hundertsten Mal den Finger in den Rachen stecken. Die Toilette ist fast wie eine Freundin für sie geworden. Manchmal liegt sie stundenlang daneben, den Kopf auf der Toilettenschüssel die Arme fast wie eine liebevolle Umarmung um die Toilette gelegt.

Die Nebenwirkungen der Chemo haben sie überrannt, wie eine Herde Elefanten und sie konnte nichts tun, außer sich diesem Strudel zu überlassen, der sie immer weiter in die Tiefe stampfte.

Er wollte nicht gehen, er wollte für sie auch in schlechten Tagen da sein, sie auffangen und begleiten. Sie ist ihm wichtig, beteuerte er. „Eine Brust macht doch keine Persönlichkeit aus", schrie er fast verzweifelt. Sie wollte nicht zuhören und das Gesagte in ihr Herz lassen. Sie meinte, ihn schützen zu müssen, und sagte: „Ich liebe Dich schon lange nicht mehr. Es ist gut, dass es so gekommen ist, da es nun leichter ist, uns zu trennen." In dem Augenblick, als sie das Entsetzen in seinen Augen erblickte, zersplitterte ihr Herz.

Einige Wochen ließ er nicht locker, schrieb Briefe und Whats-App-Nachrichten, versuchte sie anzurufen, klingelte an der Tür, doch sie reagierte nicht, sondern boxte hilflos in ein Kissen. Sie konnte selbst nicht verstehen, warum sie so distanziert, verletzend und boshaft gewesen ist. Anschließend redete sie sich immer wieder ein, dass es so für sie beide das Beste ist.

Seit mehreren Tagen ist nun Ruhe, keine Nachricht, kein Telefonanruf, kein Klingeln an der Tür. Fühlt sie sich jetzt besser? Im Gegenteil, ihre Einsamkeit verstärkt sich immer mehr. Sie vermisst ihn so sehr, sie fühlt sich so ohnmächtig und hoffnungslos. Das Herz schmerzt.

Sie spürt, wie die Wut in ihr aufsteigt, als wollte ein brodelnder Vulkan in ihr ausbrechen. Schreiend zerrt sie ihre Perücke vom Kopf und wirft sie durchs Zimmer. Gleichzeitig kann sie die Teetasse in ihrer linken Hand nicht mehr halten. Sie fällt, zerschellt am Boden in mehrere Einzelteile und Reste der Teeflüssigkeit suchen sich einen Weg durch die Spalten des Laminats.

Fauchend und katzbuckelnd meldet sich ihre grau getigerte 3-jährige Katze Melody, die schlafend auf dem grauen Ecksofa lag und von der Perücke getroffen wurde. Melody spürt immer ganz genau, wenn es ihrer Herrin sehr schlecht geht, springt deswegen auf und umschleicht die dürren Beine.

Sie erinnert sich gut daran, wie sie und ihr Freund zusammen die kleine, schätzungsweise 6 Wochen alte Katze in einem dreckigen Karton auf dem Hinterhof gefunden haben. Es stank nach Katzenurin und kalten Zigarettenrauch. Sie miaute zum Herzerweichen. Zusammen brachten sie sie zum Tierarzt. Die kleine Katze war vollkommen gesund, wurde ihnen schnell mitgeteilt. Erleichtert darüber war ihnen beiden sofort klar, dass sie die Katze behalten würden, und auch beim Namen Melody waren sich beide ganz schnell einig! Seitdem war sie die treue Begleiterin in ihrem Leben gewesen.

Sie kniet sich mühevoll herunter, streichelt die Katze und spricht beruhigend auf sie ein: „Entschuldige! Du bist doch die Einzige, die mir geblieben ist und all meine Launen erträgt."

Die Scherben jedoch lässt sie achtlos liegen und wendet sich wieder dem Fenster zu.

Der Sommerregen war in ein leichtes Nieseln übergegangen. Auf dem gegenüberliegenden Spielplatz finden sich immer mehr Kinder zum Spielen ein. Auffallend ist ein Mädchen, gekleidet in einem schwarzen Regenmantel und schwarzen Gummistiefeln. In den fast goldblonden schulterlangen Haaren war ein auffallend roter Haarreif gesteckt. Sie beobachtet, wie sich das Mädchen auf eine Wippe setzt und auf und ab, auf und ab schwebt nun der rote Haarreif im Kontrast zu ihrer schwarzen Kleidung.

Sie fragt sich, ob es doch noch einmal möglich sein wird, ein Kind zu bekommen. Die Ärzte schlossen diese Möglichkeit nicht aus. In ihren Träumen sieht sie sich mit einem kleinen Mädchen in den Armen, wiegt es hin und her und summt ein Schlaflied. Nun scheint es zu spät zu sein. Tiefes Bedauern umklammert ihre Brust, als wäre sie in einem Schraubstock. Denn wie sollte es möglich sein? Die Chemo hat ganze Arbeit an ihrem Körper geleistet, alle Nebenwirkungen, die möglich waren, traten bei ihr auf. Zudem hat sie nur noch eine Brust, ein Makel, der ihr das Gefühl gibt, keine richtige Frau mehr zu sein. Möglicherweise habe ich da auch einen Denkfehler, gesteht sie sich ein, ich habe mich doch früher auch nicht ausschließlich über die Brust definiert. Sie erinnert sich an ihre alten Stärken wie Empathie, Gelassenheit, Leidenschaft und muntert sich damit auf.

Plötzlich klingelt es an der Tür, sie kann sich nicht rühren und wirkt wie versteinert. Nach mehrmaligen Wiederholungen hört das Klingeln auf. Sie atmet auf. Doch kurz darauf klopft es direkt an ihrer Wohnungstür. Sie fragt sich, wer das sein könnte, sie hatte doch nichts bestellt und Besuch bekommt sie doch auch nicht mehr.

Kann es denn wieder ihr ehemaliger Freund sein? Nein, sie will sich keine Hoffnungen machen. Ihre letzten Worte müssen fürchterlich geklungen haben.

Das Klopfen hört auf, jemand räuspert sich. Sie kann es deutlich hinter der Wohnungstür hören, da diese sich nur wenige Schritte vom Wohnzimmerfenster entfernt befindet. Dann hört sie es rufen: „Marie, mach bitte auf. Ich bin es, Martin. Ich kann nicht aufhören, an dich zu denken. Ich möchte bei dir sein, dir Halt und Stärke geben, deine kalten Füße und Hände wärmen, meine Hand heilend an deine Narben legen und so viel mehr. Bitte lass mich doch zu dir."

Sie spürt, wie das Klopfen ihres Herzens an Stärke und Anzahl zunimmt, ihr Kopf rauscht, ihr Atem wird flacher und immer schneller hebt und senkt sich ihr Brustkorb. Schwindel erfasst sie und sie muss sich am Fensterknauf festhalten. Der Verstand sagt „Nein", das Herz aber schreit deutlich „Ja". Soll sie es wirklich zulassen, dass er ihre bittersten Stunden miterlebt? Ihre kraftlosen Beine können sie kaum noch halten und wollen nachgeben. Tränen sammeln sich in ihren Augen und fließen sanft ihre Wangen hinab. Kann es noch einmal einen neuen Anfang geben? Sie muss sich auf ihre Intuition verlassen, die ihr die Frage beantwortet.

„Ja, ich komme", flüstert sie schließlich mit zittriger Stimme und geht langsam mit unsicheren kleinen Schritten Richtung Tür. Schon ruft er wieder: „Bitte, Marie!", und sie glaubt, ein Schluchzen zu hören. Sie öffnet die Tür einen Spalt und sieht Martin dort stehen. Der große schlanke Mann hat eine blaue Jeanshose und schwarze Sneaker an. Das weiße kurzärmelige Hemd, welches sonst immer ordentlich in der Hose steckt, hängt heute achtlos über dem Bund. Auch die Undercut-Frisur seiner schwarzen Haare sieht verstrubbelt aus und ein Dreitagebart ziert seine Wangen und Kinn. Seine dunkelblauen Augen sind rot umrändert, als hätte er vor kurzem geweint.

Er lächelt erleichtert und breitet glücklich seine Arme aus. Sie schafft gerade noch diesen einen Schritt und lässt sich ergriffen und hoffnungsfroh in die Geborgenheit seines Körpers fallen.

ENDE

Draufsicht nach langen Jahren

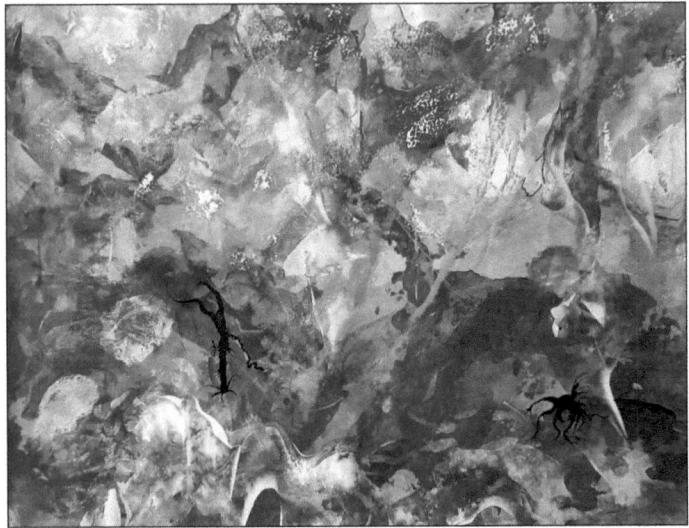

Als kleines Mädchen wusste ich genau, dass Erwachsene alles wissen und alles richtig machen. Das verlor sich mit der Zeit, aber noch bis zum Rentenalter hielt sich der Traum von einer Altersweisheit. Darauf habe ich eisern und ernsthaft gewartet und alles getan, um ihr Auftauchen zu befördern.

In letzter Zeit habe ich mehrfach ältere Menschen und naturgemäß Männer, weil sie ein größeres Sendungsbestreben haben, im Fernsehen gesehen, habe ihnen gelauscht. Und in mir verschafft sich die Erkenntnis Platz, dass ich umsonst gehofft habe. Die Altersweisheit war eine Fata Morgana; es gibt sie nicht. Basta! Wenn sie einem einmal begegnet, ist sie mit Vorsicht zu genießen.

Die Welt verändert sich immer – es gibt keinen Stillstand. In letzter Zeit geht die Bewegung auch immer schneller. Allein die Schnelligkeit der Klimaveränderungen erschreckt mich. Um all das zu verstehen, zu verarbeiten und darüber sinnvoll zu sprechen, noch dazu elastisch im Antritt und im Abbremsen, braucht es Geschwindigkeit. Ein altes Hirn kann das nicht mehr leisten. Es leitet Impulse nicht mehr so schnell. Im Befund von meinem MRT steht geschrieben, dass ich bereits – wie viele Menschen – weiße Stellen und somit eventuell einen Verdacht auf Demenz habe. Das merke ich, es dauert alles lange, was in mir vorgeht.

Jetzt ist für mich die Zeit gekommen, in der ich mich nicht mehr um die Welt, um große Aufgaben und Prozesse kümmern muss und werde. Jüngere Leute können das besser; sie verknüpfen und sprudeln vor Ideen, häufig sogar mehrsprachig. Ich kümmere mich um mich – ich achte auf meine Gesundheit, um mich möglichst noch lange selbst versorgen zu können. Ich genieße meine Freude am Leben, Liebe und Freude tragen mich durchs Leben.

Nein, die Altersweisheit gibt es als Heiligtum nicht, genau so wenig, wie es die absolute Wahrheit gibt. Das zumindest habe ich in meinen langen Studienjahren gelernt.

Ich habe Erfahrungen, die – so scheint es mir – wie auf einer Perlenschnur aufgereiht sind oder wie Himmelskörper im All in mir schweben. Ich kann mich bewusst an sie erinnern, aber wahrhaftiger, deutlicher, prägnanter und differenzierter tauchen sie auf, wenn sie getriggert werden. Plötzliche olfaktorische, akustische, optische oder haptische Signale sind diese Trigger. Erst kürzlich erlebte ich es.

Spät am Abend wurde es aufregend für uns, und die Aufregung blieb bis ein Uhr nachts. Wir hatten in aller Ruhe eine Dokumentation über die Geschichte der Ukraine gesehen, anschließend Musik gehört und wollten gerade ins Bett gehen, als mir in der Küche ein merkwürdiger Geruch auffiel. Mein Mann meinte, dass die Ursache vielleicht im Biomülleimer liegen könnte. Er stand auf und brachte ihn zur Biotonne. Während er draußen war, gingen die Rauchmelder an, einer nach dem anderem, in wachsender Lautstärke. Ich sah nichts, was Rauch machte, weder im Keller noch in den zwei Stockwerken. Es schien eine Ewigkeit zu vergehen, bis Dieter wieder ins Haus kam. Er hatte sofort eine Idee: Es roch nach Wachs. Auf dem Kaminofen, der den ganzen Abend eine wohlige Wärme ausgestrahlt hatte, stand ein Kerzenständer. Die Kerze hatte sich zur Seite geneigt und das Wachs floss auf die Specksteinplatten des Ofens. Der Rauch war farblos, aber er stank erbärmlich und war durch das ganze Haus gezogen. Die Lautstärke der Rauchmelder und der Gestank des flüssigen Wachses waren bedrohlich. Ich räumte schnell die Blumentöpfe von den Fensterbänken, öffnete die Fenster sowie vorne und hinten die Haustüren sperrangelweit. Unsere Katzen flohen sofort ins Freie. Dieter wischte das flüssige Wachs vom Ofen, nahm dann die schweren Specksteinplatten vom Ofen und legte sie auf ein vorsorglich aus dem Keller geholtes Brett. So verhinderte er das Zerspringen der Glasplatte, die vor dem Ofen lag. Erst dann hatte er Zeit, einen Rauchmelder abzuschrauben. Der Lärm war zu Ende. Der Dunst zog ab. Langsam beruhigte sich die Situation. Wir waren heilfroh, dass alles so glimpflich abgelaufen war, aber waren voller Adrenalin, randvoll. Wir zitterten innerlich. So saßen wir lange, bis der Ofen abgekühlt war und wir wieder ins Gleichgewicht kamen. Rotwein half dabei.

Am nächsten Morgen kam mir während eines morgendlichen Spazierganges eine Erinnerung, die wohl das Adrenalin hochgespült, getriggert hatte.

Es war am 24. August 1968, ein Samstagabend. An das Datum erinnere ich mich so genau, weil am 25. August meine ältere Tochter geboren werden sollte. Sie hat jedoch dann noch etwas länger auf sich warten lassen. Ich war hochschwanger und lebte in dieser Zeit vorübergehend bei meinen Eltern am Stadtrand von Zittau, einer sächsischen Kleinstadt am Dreiländereck. Am Abend des 24. begann draußen ein mörderischer Lärm, Kettenfahrzeuge auf Kopfsteinpflaster. Mein Vater und ich, wir sahen aus dem Wohnzimmerfenster. Es war bereits dunkel. Wir konnten weiter sehen, als es in der Helligkeit am Tag möglich war – die ganze Straße entlang stadteinwärts, über die Brücke über den kleinen Fluss Mandau sowie bis zu dem großem Platz, den ich früher auf meinem Weg zur Schule überquert hatte. Am Rand des Platzes stand die Mandau-Kaserne, ein uraltes großes Gebäude aus der Kaiserzeit. Vor der Kaserne verlief die Straße, die durch das Zittauer Gebirge nach Tschechien führte. Auf dieser Straße fuhren mit ohrenbetäubendem Lärm und mit grellem Licht Panzer, einer nach dem anderen. Mich schauderte es. Mein Vater stand ganz still, sagte kein Wort. Wir hatten die Rollos hochgezogen, standen aber hinter den Gardinen. Das Licht im Zimmer war aus. An die Anwesenheit meiner Mutter kann ich mich nicht erinnern. Es ging stundenlang, in der Dunkelheit fuhren Unmengen von Panzern und gepanzerten Fahrzeugen in Richtung CSSR. In der Tschechoslowakischen Sozialisten Republik, wie sich das Land damals nannte, wollten mutige Bürger, allen voran Dubcek, den „Sozialismus mit menschlichem Antlitz" errichten. Dagegen rollten die Panzer. Schon wochenlang vorher hatten sie in den Wäldern der Umgebung gestanden. Das wurde hinter vorgehaltenen Händen erzählt. Die Soldaten seien wohl aus Asien, sagte man. Die Angst wuchs zu einem grässlichen Gespenst.

Spät am Abend ging ich schlafen.

Am nächsten Morgen kam meine Mutter in mein Zimmer, zog die Gardine zur Seite und sagte: „Es ist Krieg." Krieg kannte sie; am ersten September 1939 war sie erst 17 Jahre alt, erfahren hatte sie es während des Tanzes auf dem Dorffest. Sie hatte Tränen in den Augen. Gemeinsam schauten wir aus dem Fenster. Vor unserem Haus teilte sich die Straße, links ging sie an die bewachte polnische Grenze, rechts weiter ins Gebirge und dort an die bewachte tschechische Grenze. An den Grenzen patrouillierten damals immer Wachsoldaten. Vor unserem Haus stand ein Jeep mit polnischen Soldaten, die ausstiegen und sich umsahen. Sie waren über die Grenze gekommen. Wir weinten beide.

Dieser Moment wird mir immer in Erinnerung bleiben.

Der Aufstand in der Tschechoslowakei wurde mit Panzern überrollt, das sozialistische Weltsystem blieb so erhalten, wie es sich die damaligen Machthaber vorgestellt hatten. Auch ich war damals erleichtert, dass alles „beim Alten" blieb. Heute schäme ich mich dafür.

Weit über 20 Jahre mussten die Tschechen und Slowaken auf ihre Unabhängigkeit warten.

Geschichte wiederholt sich. Die Ukrainer haben seit 1654 erst das dritte Mal in ihrer Geschichte als Nation die Möglichkeit, die Ukraine als ihren eigenen Staat aufzubauen. Die Kehle zudrücken wollen ihm viele – die Oligarchen, die Machtbesessenen, die Großreichgründer. Ich wünsche mir, dass es ihnen gelingt, Freiheit in ihrem eigenen Land zu schaffen.

Diese einzelnen Erlebnisse sind – so stelle ich es mir vor – nicht isoliert in mir, sondern eingebettet in ein Gespinst des Lebens. Egal, wie ich es nenne – Seele, Stimmung, Ich, Lebensgefühle, Sein oder … Da mein Leben nun schon mehr als 70 Jahre währt, gibt es viele solcher Inseln, solcher Erlebnisse in mir. Ich freue mich, wenn ich sie mir vergegenwärtigen kann. Es macht mich lebendig, sie wieder auferstehen lassen zu können. Es ist, als tauchen Schätze wieder auf – Situationen, die ich durchlebt und bewältigt habe, die mich geformt haben.

Im April 2021, mitten in der Corona-Zeit, als persönliche Kontakte in die Außenwelt massiv eingeschränkt wurden, konnte ich dieses Gespinst malen, in Farbe setzen, intuitiv aus mir schöpfen. Die Pandemie war allgegenwärtig; der Lockdown trieb immer neue Blüten und die Medien verkündeten den rasanten Anstieg der dritten Welle. Die Meinungen der Menschen waren nicht nur gespalten, sondern glichen einem zerschlagenen Spiegel. Jeder hatte seinen Dunstkreis. Treffen in Gruppen war untersagt. Der Malkurs war nicht mehr erlaubt, aber wir trafen uns heimlich, vorsichtshalber nach einem Selbsttest. Wir waren nur zu dritt, aber aufgeregt, wie junge Mädchen, die unerlaubt zur Disco gehen. Unser Lachen wurde immer mehr, und wir redeten über Dinge, für die sonst nur wenig Raum und Zeit blieb. Das Gespräch flog durch den Raum, und ein Gedanke folgte dem vorherigen, nur manchmal versenkten wir uns voll ins Malen. Wir genossen die vier Stunden in vollen Zügen.

Das obige farbenfrohe, leicht daher kommende Bild war mir sofort sehr nah. Es kam aus meiner Seele, in dem Moment. Zuerst machte es einen sehr flatterhaften Eindruck, so als würde alles sofort davon fliegen wollen. Danach sparsam gesetzte schwarze Flächen und Striche hielten es fest. So kenne ich es auch aus dem Alltag; ich muss mich manchmal bewusst bremsen, damit ich nicht überdrehe. Die oft geübte Imagination eines Hakens, wie er an Abschleppwagen zu finden ist, half mir dabei.

Meine Situation empfand ich wie auf dem Bild; farbenfroh, ausgewogen und so gar nicht langweilig. All das mitten in Corona-Zeiten. Ich habe oft gehört, dass es auch anderen Menschen so ging. Ja, mir war wohl zumute. Das ist – und da bin ich mir sicher – auch der Luxus des Alters. Ich muss nicht mehr arbeiten, muss auch nicht um irgendetwas rivalisieren, kann mir mein Leben nach eigenem Gusto einrichten. Meine Gedanken kreisen um das Thema Alter.

Es gibt Gegebenheiten, in denen das Leben einfach gerecht ist. Eine solche ist das Altern – langsam, Schritt für Schritt, Sekunde für Sekunde schreitet es voran. Selbst erlebt man es nicht so gleichförmig, wie es sich dahin bewegt. Wenn einem nicht das eigene Schicksal einen schlechten Streich spielt, erreicht man den Höhepunkt – das hohe Alter.

Auf dem Weg dahin schafft so manches Detail Unbehagen, und im Ganzen entsteht der Seufzer: Ich werde alt. Die Körpergröße schmilzt dahin, wie ein Butterberg in der Sonne. Die Ohren wachsen, als hätte man wie der kleine Muck Feigen genascht. Die Nase scheint sich dem Zwerg namens Zwerg Nase anzupassen. Die Nägel und die Haare wachsen schneller, als man das Geld für den Friseur und die Kosmetik zusammen gespart bekommt. Die Gelenke werden starrer und die Bewegungen langsamer und holpriger. Der aufrechte Gang bedarf der ständigen Ermahnung dazu. Haut und sogar die Schleimhäute trocknen aus und ständig ist man bei vielen Gelegenheiten mit Cremes und Salben beschäftigt. Das Gesicht wird fein gefältelt, und diese kleinen Fältchen verraten die innere Stimmung, die man manchmal wohl eher verbergen möchte. Augen und bei manchem auch die Ohren brauchen Geräte, die sie in ihrer Funktion unterstützen; sehen und hören mit Hilfe.

Und last noch least das Hirn – auch das Hirn altert in seinen Strukturen, in der Rinde und den ganzen Teilen darunter. Im MRT sind mitunter weiße Flecke zu sehen. Man lernt geschickt, den Ausfall von Worten in der Rede zu umschiffen, aber mit den Jungen kann man nicht mehr mithalten. Sie reden so schnell, dass man selbst merkt, alles nicht mehr so fix zu begreifen. Manch strenger Blick trifft einem, weil man langsamer ist. Man möge vormittags einkaufen gehen und auch in der Wochenmitte, damit man das Anstehen an der Kasse nicht erschwert.

Wenn man das im Zusammenhang liest, klingt es wie ein Jammertal mit vielen dicken Tränen. Plötzlich geht mir ein Licht auf – hurra, das Licht brennt und schafft klare Bilder. **Ich bin zwar alt, aber ich bin frei.**

Ich muss nicht mehr arbeiten und das noch mit dem inneren Merksatz: „Ich habe viel und Gutes getan." Zufriedenheit ist ein gutes Ruhekissen. Anerkennung, Erfolg, Geltung und Geld werden unwichtig. Ich kann Zusammenhänge herstellen, Verallgemeinerungen finden. Aus dieser Draufsicht entwickelt sich Demut und Achtung vor dem Leben; ich liebe das Einfache,

Nachhaltige, Sparsame. Im Garten gibt es einen Blühstreifen für Bienen, ein Insektenhotel, Futterstellen und Tränken für Vögel und Igel. Das Gießwasser kommt aus der Zisterne. Gemüse wächst auf Hochbeeten, Tomaten im Gewächshaus. Gekocht wird frisch, meist vegetarisch. Es ist herrlich, die nähere Umgebung zu durchstreifen und oft Neues zu entdecken.

„Richtig erwachsen ist man, wenn etwas tut, obwohl es die Eltern sagen." Dieser Satz hatte mir manches Kopfzerbrechen bereitet. Heute erscheint er kinderleicht. Ich ziehe heute Hausschuhe an, obwohl mich meine Eltern immer ermahnt haben, nicht „barbsch" zu gehen. Ich rauche nicht mehr, obwohl mir mein Vater immer in den Ohren gelegen hat, ich solle aufhören zu rauchen.

Ich bin frei, ich kann frei stehen. Und wenn ich frei stehe, kann ich auch all die wunderbaren Farben in mir entdecken. Dieses Bild gehört zu mir. „Das Leben an sich" soll es heißen. Ich liebe mein Leben und erfreue mich an jedem Tag an seinen Facetten, an den tollen und wunderbaren ebenso wie an den verdammten und ärgerlichen. **Es ist, wie es ist.**

Das Verhältnis zwischen Gott, Christus und den Menschen

Für uns Menschen ist es schwierig, uns eine Vorstellung von Gott oder Christus zu machen, weil uns durch vielfältige Einflüsse in unserem Leben kaum eine gesicherte oder überzeugende Aussage zu diesem Sachverhalt erreicht. Unsere Religionen, die uns durch unsere Kirchen zugetragen werden, wissen für einen kritischen Geist auf viele Fragen keine befriedigenden Antworten. Und so unterbleibt für die meisten von uns ein schlüssiges Bild über Gott und Christus. Die Wissenschaft lässt im Allgemeinen nur Messbares gelten, doch Gott lässt sich mit unseren materiellen Möglichkeiten nicht nachweisen. Dazu benötigt der Mensch eine Zuwendung und innere Aufgeschlossenheit zum Schöpfer, die nicht jedem Menschen zu eigen sind. Wer aber Gott sucht, der kann ihn meiner Meinung nach auch finden. Mir persönlich ging es so und ich fand und finde dadurch Trost und Hoffnung auch in unserer bedrohlichen Zeit, in der wir leben. Der Zugang zum Verständnis über Gott ist dabei oft im Verborgenen zu finden, dort wo er nicht so laut angepriesen wird, dort wo die Bescheidenheit lebt.

Ein weiser Freund, der in einem unscheinbaren, kleinen Kreis von Menschen wirkte, offenbarte uns Aussagen über Gott und Christus, die nachdenkenswert sind und über die man sich selbst ein Bild machen kann.

Er beginnt mit folgenden Worten:

„Heute werde ich mit euch über das Verhältnis mit Gott, mit Christus, mit euch sprechen. Wir wissen, dass euch die Person Christus nicht mehr so nah steht, wie es im Anfang der Christenheit war. Das Wissen über euren König ist zu sehr strapaziert worden durch Worte, falsche Auslegungen, unrichtige Berichte, Verniedlichungen und Fälschungen. Man versuchte, ein Bild zu erstellen, was nicht der Wirklichkeit entsprach.

Liebe Geschwister, Christus ist nicht Gott. Christus ist Gottes Sohn, Gottes eingeborener Sohn oder Gottes einziger, aus Gott geborener Sohn, und gerade dieses ist ganz wichtig. Christus liegt am Herzen Gottes, aber Christus ist nicht Gott. Ihr alle hängt an Christus dem Leibe nach und Gott ist euer aller Vater. Er ist der Lebensspendende. Er ist der Lebendige.

Es wird immer wieder versucht, Christus mit Gott zu verselbigen, als wenn Christus eins mit Gott wäre. Gott ist eine vollkommene Persönlichkeit, Christus eine vollkommene Persönlichkeit. Sie sind sich in ihrem Denken gleich-ähnlich, aber nicht eins. Christus ist euch entgegengekommen, euch zurückzuführen, euch zu verzeihen, euch Liebe zu geben, euch zu lösen. Christus, euer König, wurde Mensch und dem Menschen in allem gleich, dem Leibe nach. Aber im Geiste ist er euer König.

Liebe Geschwister, immer wieder wurde versucht, ein falsches Bild zu erstellen über seine Art und Weise, wie er lebte. Es passte den Menschen nicht, dass er so gleich war mit ihnen. Sie hoben ihn auf einen Sockel und drückten ihn so nach und nach immer höher, bis von Christus nicht mehr viel zu erkennen war und machten dann eins daraus, und zwar einen Gott. Es ist nicht gut, was da geschehen ist. Dadurch ist die Wahrheit verlorengegangen in vielen Dingen. Die Zuneigung zu euch, wie sie war durch Christus, hat gelitten. Der höchste Punkt des Himmels, das Reich Christi, das Reich Gottes, von da aus musste Christus herniedersteigen, Stufe um Stufe. Es war ein weiter Weg, um sich der Menschwerdung zu übergeben. Das wird immer wieder vergessen. Von den höchsten Stufen des Himmels hernieder bis hierher auf diese Erde ging sein Weg. Schon dieser Weg ist ein gewaltiger Weg, wenn ihr auch heute dieses nicht erfassen könnt. Es kommt die Zeit, ihr werdet es verstehen. Es war ein gewaltiger Weg, glaubt es mir. So ist auch der Aufstieg, der Rückweg, auch sehr gewaltig gewesen, sehr langatmig. Daher der lange Aufenthalt hinterher noch hier in eurer Nähe. Wisst ihr, so einfach ist es nicht, von Stufe zu Stufe einfach empor zugehen. Es gehört sehr viel dazu.

Christus hat Wunder gewirkt und Zeugnis seiner Kraft gegeben. Er gab Zeugnis davon, dass er Herr über die materielle Schöpfung sein konnte. Die Schönheit des Himmels, Abglanz von Harmonie und Vollendung, Schönheit in allen Dingen begleiten jedes Wesen in höheren Sphären. Je höher, je schöner, je lichter, wunderbar. So zeichnete sich auch Christus durch gewaltige, formende geistige Kräfte aus. Ihm war eine Kraft umgeben, die ihn anziehend und abstoßend zugleich machte. Man empfand eine Ehrfurcht und eine Furcht vor ihm, man empfand Liebe und Zuneigung. Sein Aussehen wirkte herrschaftlich und lieblich zugleich. Seine Glieder waren kräftig-zart gebaut und dennoch ging eine gewaltige Kraft von ihm aus. Seinen Willen konnte er in jede Bewegung hineinlegen. Sein Reden war ein Vibrieren und Weiterreichen von Kraft. Die Worte wurden auch da verstanden, wo eure Stimme nicht mehr das Ohr erreichen würde. Wenn von einer großen Ansammlung von Menschen gesprochen wird – denkt mal darüber nach: Zu jener Zeit hatte man noch nicht Lautsprecher, Mikrofone – und dennoch – hört! – dennoch konnten so viele von seinem Wort erreicht werden. Darüber spricht man heute gar nicht. Man macht sich gar keine Gedanken darüber. Tausend Menschen! Wisst ihr, wie viel tausend Menschen sind, wenn sie so zueinanderstehen, oder nur fünfhundert? Was für ein Lärm von fünfhundert Menschen ausgeht? Diese Fünfhundert noch anzusprechen oder nur Hundert ist schon sehr schwer und dennoch erreichte das Wort diese Menschen. Ist das nicht auch schon ein Wunder?

Man möchte heute Christus verniedlichen, verkleinern. Er kann ja nicht nah genug an den Menschen heranrücken, an den Menschen, den einfachen Menschen – natürlich nicht an die Professoren! Wisst ihr, der König des Himmels wird Mensch. Der Geist Christus, ein reiner Geist Gottes, sein Licht gedämpft, aber dennoch voller Kraft. Zwar musste sich Christus dieser Kraft erst bewusst werden, zwar musste auch er erst geführt und aufgebaut werden, doch sein geistiges Auge reichte in Vergangenheit und Zukunft. Seine geistige Erfahrung bereitete ihm Kummer, Verdruss und Freude. Die Erfahrung im Geistigen war geheuer, ungeheuerlich. Die niederen Wesen waren für ihn zu sehen. Er durchschaute die Menge, durchschaute den Menschen, sah sie an den Seiten stehen, neben den Menschen, diese von unten, wie sie versuchten, Einfluss zu nehmen, das Denken zu ändern, wie sie Macht bekamen über ganze Gruppen. Wie sie Menschen benutzten, um ihnen Worte zu geben und durch sie zu sprechen und so durch den Mund des Menschen Christus anzugreifen. Es war ein steter Kampf zwischen der niederen Geisteswelt, zwischen den beeinflussten Menschen und dem Willen Christi, die Wahrheit dem Menschen zu offenbaren, zu zeigen, dass er willig war, Frieden zu bringen, den Menschen die Botschaft des Friedens und der Liebe zu übermitteln, die Herzen zu reinigen und Hoffnung zu spenden, Hoffnung in einer Zeit, wo das Denken nur um Macht ging, wo man sann, die Römer zu besiegen, wo man eigentlich einen General haben wollte, einen Führer, zum Kampf gegen die Römer. Und Christus predigt von Liebe, Verzeihen, von Vergebung; nicht Auge um Auge, Zahn um Zahn, nein, wenn einer auf die Wange schlägt, so halte auch die andere hin, bleibe still, bleibe ruhig, gib Frieden. In so einer Zeit muss das wohl eigenartig geklungen haben. Alle wollten doch wieder frei werden von den anderen Mächtigen, und da kommt einer und sagt: ‚Halte auch die andere Seite hin, gib dem Kaiser, was des Kaisers ist, und Gott, was Gottes ist. Entscheidet euch für das Reich Gottes.'

Er zeigte das Himmelreich, die Macht Gottes. Man konnte an Christus sehen, dass er mächtig war. Daher ging man auch im Dunkeln heimlich, ihn zu besiegen, und sie wussten, sie waren sich sicher, er würde sich nicht wehren. Dann hätte er ja sein Wort gebrochen vom Frieden, aber er war unbequem, vielen, vielen Gruppen unbequem, und er sagte den Menschen die Wahrheit ins Gesicht, nicht hinten herum, ins Gesicht, öffentlich, ganz laut! Er hatte keine Furcht vor den Menschen, auch nicht vor den Römern. Er hatte Macht genug, aber er war auch sehr empfindsam. Sein Herz war groß und voller Trauer. Er litt mit den Menschen, mit den Zerbrochenen, mit den Getöteten, mit den Geschlagenen, mit den Kranken – Mitleid, ja Mitleid. Er litt mit, er fühlte mit. Er war ja verbunden, mit jedem Einzelnen verbunden. Alle hängen doch an ihm, versteht es. Jeder Einzelne hängt doch an Christus, er fühlt doch jeden Einzelnen, wie Gott überall in seine Schöpfung hineinfühlt und hineinlebt. Es ist ja so gewaltig, so unbegreiflich, aber das Gleichnis vom Weinstock und von den Reben, es ist dieses Zusammengehörigkeitsgefühl. Er spürt alles. Das ist das wahre Bild von Christus, das wahre. Er ist Heiland, Heiland der Welt. Er bedeckt die Wunden mit seinen Händen und heilt sie, gibt Kraft, macht gesund, macht rein. Er vergibt und versucht zu helfen, aufzurichten, zu führen. – ‚Steh auf, sündige hinfort nicht mehr, bleibe im Einklang mit Gott. Gott hat dich zuerst geliebt, Gott gab dir das Leben. Komm zurück, bleibe nicht im Machtbereich von Luzifer.‘

Liebe Geschwister, er gab Frieden, er stiftete Hoffnung, auch denen, die ausgestoßen, die verrucht und eigentlich nicht zum Leben gehören durften: die Zöllner, die Frauen der Liebe, die Kranken, die Aussätzigen. Er ging überall hin, er genierte sich nicht, er sprach auch den Priestern das Recht ab, zu bestimmen, auch am Sabbat heilte er. Ihm war der Mensch, das lebendige Wesen, wichtig. In seiner übergroßen Liebe war nur der Wunsch zu helfen, und er erkannte den Zeitpunkt, wo er helfen musste, und die Gesetze, so wie sie die Priester aufstellten, achtete er nicht, denn sie waren nur ihrer Ich-Freude entnommen. Er versuchte, eine neue Zeit zu bringen, eine Wende. Er wollte alles zur Umkehr bringen. ‚Euer Weg ist weit genug. Ihr seid weit genug von mir entfernt, ich will euch zurückholen. Kommt alle zu mir, die ihr mühselig und beladen seid. Ich will euch wieder frei machen. Ich will euch erlösen, ich will Hoffnung bringen. Ich will eure zerstoßenen Herzen wieder heilen. Ich bin der Erlöser. Seht meine Werke, seht! Seht ihr nicht in mir meinen Vater? Seht ihr nicht die Kraft, die mit mir geht?‘

Um ihn herum war zeitweilig ein Rauschen, ein Beben und Schwingen von den Begleitungen des Himmels. Man konnte es erleben, so wie ihr eine heilige Stunde erlebt, wenn ihr dem Himmel nahe seid. Ja, liebe Geschwister, lernt Christus, euren König, wieder näher kennen, seine Absichten und sein Wollen, seine Hilfe, die er bringen wollte, und die Wende, die kommen sollte. Es war Zeit geworden, endlich Schluss zu machen und die Schöpfung zurückzuholen. Ist es nicht wunderbar, wieder heimkehren zu können? Der Himmel ist offen, es ist nichts verschlossen. Ihr dürft wieder aufsteigen, Gott entgegengehen, auch wenn der Weg noch lang ist, aber ihr könnt zurück. Die schlimmste Zeit ist vorbei, es geht wieder heim, aufwärts.

Ja, liebe Geschwister, das Verhältnis zu Christus, das Verhältnis zu Gott. Wie ich schon sagte, ihr hängt an Christus und ihr hängt an Gott, Kinder Gottes. Ihr seid Kinder Gottes dem Leben nach, eng verbunden mit Gott, ganz eng. So fühlt auch Gott mit euch, durch euch, und sein Herz ist voller Mitleid, voller Liebe, voller Verständnis. Gott ist gerecht, vollkommen gerecht, aber er bereitet euch den Weg, so vollkommen, wie es nur für Gott möglich ist, und so gerecht, wie es nur für Gott möglich ist. Zeit spielt keine Rolle. Die Ewigkeit ist euer und ewig ist der Himmel, ewig ist Gott – unendlich das göttliche Reich, unendlich groß. Alles schwingt zurück, heimwärts, auch der Letzte wird heimgeholt, heimgehen, wenn auch noch viele, viele Jahre, Jahrmillionen dahingehen, aber es geht heimwärts. Die Wende ist geschehen, Umkehr heißt es, der Weg von Gott entfernt, weit genug, und nun zurück.

Das rechte Verhältnis zu Christus, zu Gott, ist wichtig. Die richtige Einstellung zum Göttlichen. Ihr könnt euch Gott anvertrauen. Er lebt und fühlt mit euch, durch euch. Ihr seid verbunden durch den Faden des Lebens, durch das Licht des Lebens, der euch von Gott gegeben wurde, jedem Einzelnen, und das Licht kann wieder wachsen und hell werden. Euer Lebensweg ist im Grunde genommen ein Offenbarwerden des göttlichen Willens. Ihr lernt von Tag zu Tag und erfahrt von Tag zu Tag Gott immer wieder aufs Neue. Ihr lernt seine Schöpfung kennen, Zentimeter für Zentimeter. Ihr lebt quasi durch seine Schöpfung, durch Gott. Es ist so wunderbar, wenn ihr geistig sehen könntet, hineinsehen könntet in diesen geistigen Weg, wie wunderbar alles ist, und ihr werdet lernen und erkennen und ihr werdet wieder glücklich werden, noch glücklicher werden, und ihr werdet Freude empfinden, noch mehr Freude, und die Arbeit wird leicht von euch allen erfüllt werden können, leicht, und ihr werdet voller Freude im Reich Gottes, im Reich der Schöpfung Gottes bestehen können. Ach, liebe Geschwister, könnte ich euch doch nur zipfelweise das Glück in eure Herzen schenken, wie es mir möglich ist, zu erleben, ihr würdet springen und jauchzen. Ihr würdet nicht so ruhig auf euren Plätzen sitzen, ihr würdet hochspringen und jubeln, wie bei einem Fußballfest. Ja, aber es ist sehr schwer für mich, euch dieses recht klar zu machen, auch diese Freude in euch klingen zu lassen. Die Hoffnung euch zu geben, ist mir gelungen, auch die Zuversicht. Ich sehe sie in euren Herzen, ich sehe sie glänzen, wenn ich da bin. Ja, ich merke diese kleine Freude, doch möchte ich euch auch so glücklich sehen, so voller Freude, wie der Himmel ist, aber einmal wird es sein, einmal wird es sein.

Ja, liebe Geschwister, das richtige Verhältnis, die richtige Art, Gott entgegenzugehen, Gott anzusprechen und Christus anzusprechen, zu verstehen, dass ihr gar nicht so weit entfernt seid, sondern eingebunden seid in der Liebe Gottes und in der Liebe von Christus, und dass er gar nicht von euch lassen kann, weil ihr ja an ihm hängt und auch Gott nicht von euch lassen kann, weil ihr auch an Gott hängt. Ihr seid doch verbunden, ihr seid doch gar nicht so fern von ihm. Das Einzige, was euch entfernt, ist doch noch der Spalt der einstigen Trennung. Lernt zu überwinden, lernt, frei davon zu werden und nehmt von den Tugenden, von den vollkommenen Tugenden. Lebt und arbeitet danach, und jeden Tag könnt ihr hoffnungsvoller aus eurer Haustür hinausgehen. Lasst euch nicht den Tag dunkel werden, bleibt im Licht, im Lichte Gottes. Stellt die Verbindung wieder her, zieht nicht den Stecker, der euch mit Christus und Gott verbindet. Sorgt dafür, dass ihr immer unter Strom steht.

Ja, ich glaube, ich habe genug heute darüber geredet. Ein andermal mehr. Aber ich wollte euch dieses rechte Verhältnis mal vor Augen führen und euch bewusst werden lassen. Ich werde weiter über Christus reden, und ihr sollt auch wieder ein vollendetes Bild von Christus haben, ein wahres Bild seiner Person und seiner Art zu leben und der Art, mit den Menschen umzugehen, das rechte Einswerden mit all seinen Geschwistern, die liebevolle Fürsorge, die er angedeihen ließ, und auch die Kraft, die er gab und dass er ganz willig das annahm, was auf ihn wartete – das Leiden, das nicht zu sein brauchte –, aber die Menschen haben es so geführt, so gewollt, und der da unten sah eine Chance, noch den Kampf zu gewinnen, den er doch damals schon verloren hatte und weshalb er in die Tiefe stürzte, wollte er erneut erzwingen, einen Sieg erringen und das zeigt, dass diese lange Zeit, diese Millionen von Jahren, das Herz, das schwarze Herz, noch nicht erweicht hat und wie lange es wohl noch gehen wird, bis endlich auch er und seine Genossen wieder umkehren."

Dieser Vortrag vom Geist der Wahrheit steht dem Leser auch als Video zur Verfügung. Er ist auf der Homepage: www.das-leben-erkennen.de unter der Videonummer 153 zu finden.

Wem die Zusammenhänge in diesem Vortrag fremd sind, dem empfehlen wir unser Buch: „Das Leben erkennen und verstehen – dem Geheimnis Leben auf der Spur". Dort werden in einem Kurzabriss die wesentlichen Grundlagen für ein Verständnis aller Lebensformen dargelegt, mit denen man den Sinn des Lebens nachvollziehen kann. Darüber hinaus ist durch weitere Literaturangaben eine Vertiefung des Themas möglich.

Geheimnisse des Lebens

Tauche ein!

Tauche ein,
in die Ruhe dein!
Und sei dich,
in deinem Licht.

Erkenne dich,
ewiglich,
unsterblich
im Seelenlicht,
das du bist
und in dir ist.

Erkenne dich
im Liebeslicht,
das sich durch dich
in die Erde flicht.

Erkenne dich
in der Pflicht,
dieses Licht zu sein,
in die Welt zu schein'.

Erkennst du dich in diesem Licht,
das die Liebe in die Erde flicht?
Erlaubst du dir, nur Licht zu sein
und für die Welt zu schein'?

Warum erlaubst du nicht,
dass dieses Licht in dir
fürs große ganze Wir
aus dir hervorbricht?

Lass es scheinen,
uns im Licht vereinen
im Frieden verbinden,
die Angst verringern.

Im Frieden lass zu,
dass sich in der Ruh'
Alles vereint,
was lichtvoll scheint.

Erlaube, zu sein
im Lichtschein dein,
in der Liebe zu wirken,
um Frieden zu bewirken!

Hab Zeit für dich

Hab Zeit für dich und deine Seele!
Dein wahres göttliches Sein wähle!
Lass dich ein
auf dein Sein,
dieses mächtige
und vielseitige
innere Sein
der Seele dein,
das du bist
und in dir ist!

Zeit

In dieser Übergangszeit
bis zur neuen Zeit der Einheit
in Liebe, Frieden und Freiheit
hilft Loslassen der Vergangenheit.

In Liebe das Schwere vergebend
in die Einheit zurückkehrend
bin ich im Ich bin mittendrin
als Teil des Göttlichen ich bin.

Beim Abschluss eines Zyklus,
Am Ende des Lebenszyklus
verzeihend und vergebend
das Neuwerden erleben.

In ihrer unsterblichen Magie
und liebevollen Energie
verzeiht das Gesetz der Liebe
selbst die schlimmsten Hiebe.

Darum in der Liebe komme an
und sei dankbar voller Elan,
damit sich für dich wandelt,
wo du noch bist verbandelt

In alten Fesseln und Beschwerden,
sodass beide Seiten frei werden
für die nun kommende Zeit:
Frei von der Vergangenheit!

Lass nun los und auch du vergib
und gib dich deinem Leben hin,
hinein in dein eigenes Sein,
um frei zu sein im wahren Sein,

Um endlich dich zu sein,
als ein Teil im Allein,
in der Einmaligkeit
deiner Einzigartigkeit!

Die Schwelle zum neuen Sein
kann wie ein Sterben sein,
um neugeboren zu werden
Hier im Leben auf Erden

In das Licht, das du bist,
das (in) deine(r) Seele ist,
um frei von alten Geschichten
dich in dir neu auszurichten,

In dem, was dich ausmacht,
dich in Freiheit anlacht,
dich tief im Innern umarmt
und dich liebevoll umgarnt,

Um dir eindringlich zu sagen:
„Es ist Zeit, Neues zu wagen!
Bist du bereit, Neues zu wagen?
Du musst nur 'Ja' zu dir sagen!"

Kehre ein in dein Herz,
entlass den alten Schmerz!
Erlaube nun deinem Licht
zu strahlen durch jede Schicht

hinein in dein Leben,
hin zu deinen Lieben,
um die Liebe zu leben,
und dich ganz hinzugeben.

Zweifle und verzweifle nicht!
Erkenne dich in deinem Licht!
Bring es strahlend unter die Leute!
Nicht erst morgen, lieber schon heute!

Sei frei in deinem Sein
und fließe mit dem Reim
lichtvoll, leicht und rein
in dein neues Sein hinein.

Glaube an dich,
dein Seelenlicht!
Voller Zuversicht!
Sei dich, mehr braucht's nicht!

In der inneren Achse

In der inneren Achse
voller Energie wachse
in deine Kraft hinein!
Erlaube dir, in ihr zu sein,
in dieser inneren Kraft,
die Neues in dir erschafft.

Entlang der inneren Achse
vertrauensvoll wachse
in dein wahres Sein
deiner Essenz hinein,
in dein inneres Licht,
das schlicht nur dir entspricht.

In der inneren Achse
erwache und wachse
in deine Wahrheit hinein
in die Klarheit deines Seins –
hinein ins Licht, das du bist,
dein ewiges Seelenlicht ist.

Aufgebrochen

Zerbrochen,
aufgebrochen
sind selbst die Steine,
die den Weg säumen.

Entzweigebrochen,
aufgebrochen bist du,
Entzweigebrochen,
aufgebrochen sind wir.

Gespalten liegen wir am Wegrand
sichtbar, was das Außen verbarg.
Freigelegt das wahre Innere,
um auch dich zu erinnern,

Damit du endlich dich sein kannst
und deinen kreativen Tanz tanzt,
in der Dualität deine Schönheit lebst
und die Welt mit deiner Begabung beschenkst.

Dein innerer Schatz sich nun zeigt,
denn jetzt ist sie da diese Zeit,
wenn du innerlich aufgebrochen
und zu neuen Wegen aufgebrochen.

Zu neuen Wegen aufbrechen
heißt mit alten Mustern brechen,
die Zeichen am Wegrand beachten,
aufbrechen, um neu zu betrachten.

Sich der Routine entledigen
um das Innere freizulegen
und es der Welt zu zeigen.
Willst du dich dem verweigern?

Angst

Lass dir von gar nichts Angst einjagen
stattdessen sollst dein Glück erjagen!
Konzentriere dich in der Schwierigkeit
auf die verborgene Glückseligkeit!

Das mag nicht immer einfach sein,
wozu dich die Seele lädt ein!
Aber lass dich ein und werde groß –
In dieser Größe lass die Angst los.

Hier kann dir nichts etwas anhaben.
In der Liebe gibt's kein Angst haben.
Lass dich ein auf die göttliche Kraft,
die dich in deinem Sein neu erschafft.

Du bist es, wirst diese Seele sein,
sie ist in deinem Innersten daheim.
Sie wartet nur darauf, einfach und rein,
dass du dir erlaubst, ganz sie zu sein!

Lade sie in deinen Alltag ein
und lass sie Teil deines Lebens sein.
Sie ist schon da und wartet auf dich,
bis du erkennst dein göttliches Licht.

Erlaube ihr, in deinem Sein zu sein,
damit ihr Licht deinen Weg bescheint.
Sie wartet auf dich mit deinem Licht
und bringt dich lichtvoll ins Gleichgewicht.

Erlaube ihr, in dir zu wirken,
Heilung für alle zu bewirken.
Die Erde braucht dich mit deinem Licht.
Erinnere dich, an dieses Licht,

Das in dir schon lang am Strahlen ist,
weil du das Licht deiner Seele bist.
Erlaube deinem Licht zu scheinen,
um Liebe und Licht zu vereinen.

Die Herrin vom See

Die Herrin vom See
Kennst du sie? Woher?
Ja, sie ist hier, ist in mir.
Sie trägt den Excalibur:

Das Schwert der Wahrheit,
das Schwert der neuen Zeit
heißt Frieden und Freiheit!
Bist du dafür bereit?

Lass dich nicht davon abhalten,
Dein Leben frei zu gestalten,
deine Einzigartigkeit zu leben
im täglichen Nehmen und Geben,

In der steten Verbundenheit
mit des Wassers Reinheit.
See und Tempel hier vor dir
sind gleichzeitig auch in dir.

Erlaube der See-le in dir,
das Licht im See zu sein fürs Wir.
Sei auch mit anderem Sein
in der Göttlichkeit daheim.

Sei endlich dich!

Mensch, sei endlich dich
in deinem Licht
und verschenke dich
an dein Seelenlicht!

Heile dich und die Welt
mit dem Licht, das dich erhält.
Dein kristallines Seelenlicht
trägt alle Farben schon in sich!

Aktiviere dieses Licht
in seiner tiefsten Schicht,
damit es viele andere anspricht –
Und über die ganze Erde ausbricht.

Am See

Am See deiner See-le,
an der heiligen See

Wirst eingeweiht werden,
eingereiht auf Erden

In die Kraft der Göttin,
des weiblichen Ich bin,

Des einst versunkenen
und lang verborgenen

Göttlich weiblichen Seins
mit dem du nun vereint!

Wellen rauschen heran –
bringen den neuen Plan!

Vergiss und verzeih!

Vergiss und verzeih
der Rest ist einerlei.
In der Liebe komm an –
so lichtvoll wie der Schwan.

Sei dich in deinem Licht!
Liebe dich, auch wenn du dich
nicht liebenswert findest
und es als falsch empfindest,

Denn nur die Liebe zu dir selbst
liebt den, der demnächst
im Leben neben dir steht
und mit dir den Weg geht.

Die Liebe bringt dich nach Haus',
sie macht dein Seelenlicht aus
und bringt wieder in Einklang,
wer du warst von Anfang an.

Die göttliche Kraft grüßt dich
und der Sonnenstrahl küsst dich,
der Mond dich nachts begleitet,
das Sternenlicht dich leitet.

Also lass die Liebe und die Freude,
dich an deinen Wert erinnern heute
und dich lichtvoll strahlen lassen –
voller Leichtigkeit, über alle Maßen.

Das erfreut auch dein inneres Kind
und dein Seelenlicht im Ich bin.
Erstrahle vergnügt und beschwingt,
weil so dein Lied weltweit erklingt.

Inneres Feuer

Folge dem inneren Feuer,
erlaube ihm, dich zu erneuern
und lass alles los, was nicht mehr dein,
schicke es in die Transformation hinein!

Lass Altes verbrennen,
um nicht mehr davon zu rennen
vor dir und deiner Kraft,
die die neue Zeit erschafft!

Wem der Donnervogel erscheint,
der hat nun endlich ausgeweint,
denn die neue Zeit ist da
und braucht ein deutliches Ja!

Also bist du bereit
für die neue Zeit?
Sie erwartet dich,
dein strahlendes Licht!

Beleuchte die Verstrickungen
erlaube neue Entwicklungen.
Mit Liebe zu vergeben
ermöglicht, frei zu leben.

Selbst deine Ahnen können jetzt loslassen
und die alten Geschichten ziehen lassen.
Gut, wenn du verstanden und erkannt,
woran die Ahnenlinie war erkrankt.

Nicht um zu Be- oder Verurteilen,
sondern um die Wahrheit zu befreien,
damit unsichtbar und sichtbar eins wird,
sich aus der Spannung Harmonie ergibt.

Dankbar attestiert man dir heute,
dass du viel erreicht für die Leute!
Erlaube dir nun, dich zu sein
in deinem strahlenden Lichtschein,

Um die Welt zu erlösen
von all dem Unerlösten,
damit es lichtvoller werde,
liebevoller auf der Erde!

Erstrahle nun in deinem Licht,
deine Liebe verschenke sich
an die Natur und Mutter Erde,
damit sie geheilt und neu werde.

Innere Tiefe

Tauche ein in die Tiefe dein,
in die Tiefe, die still und rein,
wo nichts mehr geschieht, in dir –
wo Tun durch Ruhe ersetzt wird.

Und was geschieht da in diesem Nichts,
wo statt Gedanken nur Leere ist,
wo das Denken sich aufgelöst hat
und dem reinen Sein Platz gemacht hat?

Kennst du diesen Ort in dir?
Warst du auch schon hier?

Wie ist es, dir hier zu begegnen,
dich in deiner Wahrheit zu sehen,
dein tiefes Sein wahrzunehmen
und deine Seele zu erkennen?

Wer bist du, wenn du da bist,
an diesen Ort, wo es so still ist,
wo das Denken zum Stillstand kommt
und du im reinen Sein ankommst?

Hältst du diese Stille überhaupt aus?
Oder ist dir dieser Ort ein Graus?
Und rennst du viel lieber davon,
voller Panik, wenn es nur schon

ein bisschen ruhiger wird im Leben
um auf gar keinen Fall zuzugeben,
dass du die Stille in dir weder kennst,
noch ihre ruhige Präsenz erträgst?

Wer in dir erträgt diese Stille nicht?
Welcher Anteil flieht vor deinem Licht?
Deine Seele ist es sicher nicht,
vielleicht passt es deinem Ego nicht?

Was wäre, wenn es hinter dem lauten Leben
noch ein weiteres, leiseres würde geben,
eines das deine Seele will erleben,
das sich aus deinem Innern will ergeben?

Bist du bereit für diese Reise nach innen,
um ganz Neues in dein Leben zu bringen,
Neues, das von deinem Innern herauswill
und sich allein durch dich zeigen will?

Den Ruf deiner Seele, hörst du ihn?
Es ist ein ruhiger Ruf, in dir drin,
der nur in der Stille zu hören ist
und allein dir zugehörig ist.

In dieser Stille geschieht Magie,
ist die persönliche Energie.
Was zeigt und vermittelt sie dir?
Weiß sie, wozu du diesmal hier?

Bist du bereit,
in dieser Zeit
nach innen zu reisen
und dein Ego zu meistern?

Es liegt an dir,
ob du hier fürs Wir
deinen Schatz hebst
und deine Wahrheit lebst.

Wir alle brauchen deine wahre Kraft,
die ihre Meisterschaft geschafft
und seither das Ego hintanstellt,
damit ihr Seelenlicht die Welt erhellt!

Es geht jetzt um dich
und dein Seelenlicht!
Erfülle deine Lebenspflicht
und erstrahle in deinem Licht!

Lass es kraftvoll scheinen,
um uns zu vereinen
in der Liebesmagie
der Einheitsenergie!

Erinnern

Wer bereit ist, sich zu erinnern
an sein altes Wissen im Innern,
erinnert sich auch klar,
was sein Auftrag war.

Warum ist man hergekommen,
hat dieses Leben angenommen,
mit dem Licht in sich Ja gesagt,
sich an ein neues Leben gewagt?

Um die Liebe der neuen Zeit
zu erleben, war man bereit.
In liebende Fürsorge gehüllt,
jederzeit versorgt und erfüllt

Für das Leben, das einen nährt
und Einsicht ins Geheimnis gewährt,
Jeden das Geben und Nehmen lehrt,
der sich nicht dagegen verwehrt

Und jeden Moment genießt,
mit dem Fluss des Lebens fließt.
Bald wirst auch du eingeweiht
in die Energie der neuen Zeit!

Bist du bereit, sie zu erleben
und dein neues Sein zu leben?

Dir zuliebe

Im göttlichen Dasein
entfällt jegliche Pein!
Lass auch du die Angst sein,
und sei im Herzen dein.
Da sei in der Liebe,
ganz dir selbst zuliebe!

Der kleine Albtraum
Eine Geschichte von Resilienz und Vertrauen
(nach einer wahren Begebenheit)

Dieser unerwartete Thriller, der sich auf den Malediven abspielt, der persönliche kleine Albtraum der Autorin, könnte bereits in sich buchfüllend sein und bietet reichlich Stoff zur Verhaltensforschung. Aber ihre Geschichte ist gespickt mit Beobachtungen von Tieren und Menschen auf der Insel und im Meer, Gedanken zum Tauchsport und zur gefährdeten Unterwasserwelt und vielen Szenen, in denen sie die Begebenheiten auf der Insel mit einem wohlwollenden Augenzwinkern beschreibt. Sie setzt ihre Erfahrungen als Taucherin und Fotografin und ihre Reflexionen als Coach so ein, dass verschiedene Blickwinkel möglich sind, aber jedes als noch so heftig empfundene Drama auch wieder relativiert werden kann.

Ab und zu erlebst du, dass dein Vertrauen in eine Person oder Situation durch ein unerwartetes Ereignis zerstört wird. Corona ereilt dich im Urlaubsparadies ... Das Verhalten deiner Ferienbegleitung entwickelt sich zu einem Albtraum ... Das Vertrauen in deine Menschenkenntnis wird auf die Probe gestellt ... Es trifft dich wie ein Schlag: Gestern schien das Leben noch in Ordnung, heute wird dein Vertrauen missbraucht oder zerstört, das persönliche und soziale Leben sind im Umbruch, und du musst plötzlich mit dieser neuen Situation umgehen. Aber nicht nur das Geschehene zu verarbeiten ist eine Herausforderung fürs Gehirn, sondern auch deine eigenen Gefühle: Perplexität, Entsetzen, Angst, Trauer, Enttäuschung, Panik oder Wut. Wie wirken sie sich unmittelbar auf dich aus? Wohin damit, wenn die Umstände lediglich zulassen, dass sich in dir alles auf Durchstehen, Funktionieren oder Flüchten einstellt? Dir hilft nur, das Positive in deinem Leben nicht aus den Augen zu verlieren. Welche Ressourcen kannst du der Widrigkeit entgegensetzen?

An Weihnachten 2021 habe ich geplant, mit einer Bekannten, einer Ärztin – nennen wir sie Nera – für zwei Wochen zum Tauchen auf die Malediven zu reisen, eine meiner liebsten Tauchdestinationen. Die Geschichte beginnt am letzten Urlaubstag: Es ist fast Mitternacht und ein Anruf von der Hotelrezeption reißt mich aus dem ersten Halbschlaf: „Guten Abend, Ma'am, wir haben soeben Ihre Testresultate erhalten und Sie sind beide positiv auf COVID getestet. Es tut mir leid, aber Sie können morgen nicht von der Insel abreisen, sondern müssen sich unverzüglich 14 Tage in Quarantäne begeben."

Ich brauche eine Sekunde, um zu begreifen, was mir der Mann vom Front Office mit dem typisch südasiatischen Akzent gerade gesagt hat. Die Schockwelle erfasst meinen Körper, es verschlägt mir für einen Moment die Stimme. In etwa fünf Stunden sollten wir aufstehen, unser Gepäck auf die Veranda des Bungalows stellen und uns auf dem Weg zu einem schnellen Frühstück machen, um danach pünktlich um 6.00 Uhr das Boot in Richtung Flughafen von Male zu besteigen. Ich bin bereit: Nach zwei Wochen Aufenthalt auf der Insel freue ich mich, wieder nach Hause in die winterliche Schweiz zu fliegen. Denn auch die schönste Urlaubsdestination ist eben nicht Home Sweet Home. Nun fühle ich mich aber, als ob ich in ein Straßenloch falle, das nicht markiert war.

Der Rezeptionist verabschiedet sich und verspricht, uns am folgenden Morgen wegen des Frühstücks und des weiteren Prozedere anzurufen: Wir müssten den Bungalow wechseln, dürften das Zimmer nicht mehr verlassen, ein genaues Protokoll müsste befolgt werden usw. Unterdessen ist Nera erwacht und hat mitbekommen, was los ist. Ihre seit Tagen zunehmend unberechenbare und schlechte Laune verwandelt sich augenblicklich in Wut und Aggressivität: Das sei ja wohl das Allerletzte, ich hätte sie angesteckt, ihr die Ferien ruiniert. Was solle sie nun mit ihren Patienten machen, ich säße ja nur zu Hause! Allerlei Schimpfworte prasseln auf mich ein, virtuelle Blitze und verbaler Donner wechseln sich ab, ich komme gar nicht zu Wort, sie hört überhaupt nicht zu. Das kommunikative Desaster nimmt seinen Lauf.

Die letzten beiden Wochen haben mich bitter bereuen lassen, mit ihr gemeinsam diese Ferien gebucht zu haben. Es lässt sich kaum beschreiben, wie aus einer anfangs vernünftig wirkenden, gebildeten Frau, plötzlich diese anklagende Furie geworden ist, der man nichts recht machen kann und die jede Gelegenheit nutzt, um mich verbal anzugreifen. Auch in dieser ominösen Nacht des Grauens ist es nicht anders. An Schlaf ist nicht zu denken. Während sie ständig zwischen Zimmer und Veranda hin und her tigert und fieberhaft probiert, Telefonate zu führen, versuche ich, einen Moment Ruhe zu finden und mich zu sammeln. Wie gehe ich jetzt vor? Wen muss ich informieren? Welche Verpflichtungen und Termine verschieben?

Am nächsten Tag ist Sonntag. Noch vor Tagesanbruch kontaktiere ich die Hotline der Reiseagentur, die nette Lady am anderen Ende kümmert sich kompetent und verständnisvoll um mein Anliegen. Ich bin hier weder die erste noch die letzte, die mit einem notfallmäßigen Corona-Problem anruft. Denn wir sind mitten in der fünften COVID-Welle, Omikron grassiert momentan überall, keiner ist davor gefeit.

Gegen Mittag rückt die Umzugsbrigade an, die uns und unser Gepäck in einen der Quarantäne-Bungalows bringt, welche sich nur einige Meter weiter in einer hufeisenförmig angelegten Community befinden. Zum ersten Mal begreife ich, dass wir in einer Coronasiedlung angekommen sind, dass sich offenbar zahlreiche Menschen angesteckt haben, vermutlich nicht einmal auf der Insel, sondern bereits bei ihrer Ankunft am Flughafen. Das Gewusel ohne Social Distancing und das stundenlange Warten in der Menschenmenge vor der Passkontrolle und vor dem Transfer auf die Insel könnten sehr wohl der unfreiwillige Omikron-Superspreader-Event gewesen sein. Das erscheint mir logischer als alle anderen Optionen. Aber vielleicht war es auch ganz anders, wer weiß das schon?

Wenn du dein Zimmer mit einer durchtriebenen, hasserfüllten Person teilst, dann gibt es keinen Augenblick der Entspannung, wo du dich in Sicherheit fühlen kannst. Ich fühle mich gerade ziemlich verletzlich und aus der Bahn geworfen. Wie kann ich darauf vertrauen, dass sie nicht in Rage gerät, gewalttätig wird? Letzte Nacht eskaliert die Situation, als Nera von mir fordert, dass ich die Nacht auf der erhitzten Veranda verbringe, wo sich vom Anbruch des Abends bis in die Tiefe der Dunkelheit die Stechmücken vergnügen, damit sie nach eigenen Worten endlich ein Auge zudrücken kann. Um sie zu beruhigen, sage ich, dass ich es versuche. Irgendwann um Mitternacht herum, nach meinem zweiten Netflix-Film auf dem Tablet in Folge, wird es mir jedoch auf dem Liegestuhl zu bunt und ich schleiche mich ins kühle Zimmer, davon überzeugt, dass das Raubtier nun den Schlaf der Gerechten schläft. Kaum liege ich einige Minuten mucksmäuschenstill auf meiner Seite im Kingsize-Himmelbett, nimmt das Drama unvermindert seinen Lauf. Man müsste sie den zuständigen Behörden melden, aber wir befinden uns ja tausende von Kilometern weit weg von unserem Wohnort, mitten im Ozean ...

Je mehr Zeit vergeht, desto eher wird mein kleiner Albtraum sich in eine Reihe von Erlebnissen einordnen, die als ich als UFL (unter ferner liefen) bezeichne. Es gibt jede Menge UFLs in den Winkeln meines Gedächtnisses. Ich bilde mir nach dieser Episode nicht mehr oder weniger auf meine Menschenkenntnis ein als vorher. Bei aller gebotenen Vorsicht können wir alle uns in jemandem täuschen, das ist normal. Man denke nur daran, wie viele äußerst erfolgreiche Menschen in den letzten Jahren Opfer von Betrügern und Hochstaplern monumalen Ausmaßes wurden, deren wahre Natur ihnen bis zuletzt verborgen blieb. Wer vertraut, der scheitert eben manchmal.

Deshalb werde ich noch lange nicht damit anfangen, sämtliche Grenzen neu zu ziehen, meinem Umfeld konsequent mit Misstrauen zu begegnen oder ständig das Verhalten meiner Mitmenschen zu hinterfragen. Das wäre auch gegen meine Natur, da ich die Akzeptanz und Toleranz unterschiedlicher Meinungen und Lebensentwürfe als einen Teil von dem betrachte, was mich ausmacht – mit ein paar Ausnahmen, versteht sich. Allerdings hat mir das Erlebte wieder einmal meine eigene Verletzlichkeit vor Augen geführt und mich demütig gemacht, mehr noch als ich sagen kann, dass ich es in den beiden Coronajahren sowieso schon geworden bin. So sehr mich Neras Verhalten überrumpelt hat, so sehr hat mich die gleichzeitige und anschließende Selbstreflexion im positiven Sinne gefordert und es mir in der Folge ermöglicht, das Erlebte zu relativieren.

Im Umgang mit schwierigen Situationen zeigt sich der wahre Charakter eines Menschen. Da niemand mit Bestimmtheit voraussagen kann, was die nahe Zukunft bringt, oder wissen kann, ob als Nächstes ein Drama sich ereignet – ein Krieg, ein Erdbeben, eine Scheidung, eine Kündigung, eine Krankheit oder der Verlust eines nahen Menschen – ist es ein umso größeres Glück und Privileg, die eigenen Ressourcen zu kennen und darauf zurückgreifen zu können. Unsere Ressourcen, vor allem unser Vertrauen, sind das Fundament, worauf sich Resilienz bilden und entwickeln kann – diese Widerstandskraft der Seele, die es einem ermöglicht, der Belastung standzuhalten, sich auch nach Niederlagen oder Schicksalsschlägen wieder aufzurichten und immer nach vorne zu schauen, darauf vertrauend, dass Positives in der Zukunft möglich ist.

Gedichte

Nur ein Stück Papier

Nur ein kleines Stück Papier und doch zittert meine Hand,
die es hält.
Nur ein kleines Stück Papier und doch starre ich mit
brennenden Augen darauf.
Nur ein kleines Stück Papier und doch fühle ich mein Herz
freudig schlagen.
Nur ein kleines Stück Papier und doch würde ich am liebsten
die ganze Welt umarmen.
Nur ein kleines Stück Papier, auf dem Du schreibst:
Fahre vorsichtig, ich liebe Dich.

Am Baum des Lebens

Am Baum des Lebens wachsen viele Augenblicke. Jeder
einzelne davon ist kostbar.
Wir haben einen Punkt erreicht, an dem das Herz um Hilfe
schreit. Wir haben viel Zeit miteinander verbracht, über so
vieles nachgedacht.
Ich will den Morgen mit Dir erleben. Das, was ich fühle,
möchte ich Dir geben.
Doch Du weißt in Deinem Leben nicht wohin, siehst in ihm
keinen wirklichen Sinn.
Wenn Du glaubst, Du verschwendest Dein Leben mit mir,
wenn Du glaubst, dass die Zeit für Dich sinnlos verstreicht
und der Sinn meiner Worte Dich nicht mehr erreicht,
wenn Du glaubst,
dass Du das Vergangene vergessen kannst,
wenn Du glaubst, dass die Freiheit so viel mehr wert ist als
ich,
dann verlass mich.

Doch
wenn nur ein Funken Hoffnung besteht,
dann bleibe.

Es ist nicht zu spät.

Und wenn das Leben uns lässt, dann werden wir einander
gegenüberstehen und in eine gemeinsame Zukunft sehen.

Ich möchte

Ich möchte Dich auffangen, wenn Du den Halt verlierst. Dich
wärmen, wenn Du denkst, dass Du in dieser Welt erfrierst.
Ich möchte Dir Kraft geben, wenn Du sie brauchst, damit Du
nach vorn und nicht zurückschaust.
Ich möchte Dir Sonnenschein im Regen schenken, Deine
Schritte ins helle Sonnenlicht lenken.
Ich möchte Dir Ruhe und Frieden in dieser Welt ersetzen,
möchte Dich niemals enttäuschen oder gar verletzen.
Ich möchte Dir immer ein Lächeln schenken, sollten sich
dunkle Schatten über Dein Leben herabsenken.
Ich möchte Dir die Steine aus Deinem Weg räumen, alles
soll sich erfüllen aus Deinen Träumen.
Ich möchte Dir ein Fels in der Brandung sein.
Solange Du es zulässt,
bist Du niemals allein.

Pass gut auf ihn auf

Auch, wenn es mir weh tut, so muss ich es doch sagen:
PASS GUT AUF IHN AUF
Sei immer aufrichtig und ehrlich zu ihm. Achte und
respektiere ihn, so wie er ist.
Denk immer an ihn, in allem, was Du sagst und wie Du
handelst.
PASS GUT AUF IHN AUF
Bringe ihn niemals zum Weinen.
Umgib ihn mit Deiner Liebe, sofern sie aus Deinem Herzen
kommt.
Male einen Regenbogen um ihn.
Lass ihn keine Regenwolke sehen.
PASS GUT AUF IHN AUF
Ich wollte ihm all das geben, doch er entschied sich für Dich.
PASS GUT AUF IHN AUF
Reiche ihm Deine Hand, wenn er sie braucht.
Trockne seine Tränen, wenn ihn die Vergangenheit einholt.
Tritt niemals auf seinen Gefühlen, er ist es wert, geliebt zu
werden.
PASS GUT AUF IHN AUF
Sei so lieb zu ihm, wie Du kannst.
Und solltest Du merken, dass Du ihn nicht wirklich aus der
Tiefe Deines Herzens liebst,
dann schicke ihn einfach zu mir zurück ...

PASS GUT AUF IHN AUF

Danke Silke

Ich hatte es wirklich gemacht, ich hatte das Werk zu Ende
gebracht.
Ja, ich hatte jenes Buch geschrieben, jene Geschichte über
den Mann, den ich tat lieben.
Allein hätte ich das alles nie geschafft, dazu fehlte mir der
Mut, die Kraft.
Doch Du, Du hast mir etwas Besonderes gegeben, etwas,
was ich niemals vergessen werde in meinem Leben.
Du hast mit Deinen Zeichnungen Leben in mein Buch
gebracht, Du hast das wunderbar gemacht.
In Deinen Zeichnungen kann man die Emotionen der
Geschichte lesen.Ja, man sieht in ihnen das „Wesen".
Wenn ich mir nur schaue Deine Bilder an, dann denke ich
voller Gefühl zurück an jenen Mann.
Du warst nicht nur für mich mit Deinen Bildern da, nein, Du
warst diejenige, die sah.
Wie schlecht es mir ging, wie sehr ich an ihm hing. Du hast
meinen inneren Wunsch gesehen, das Schreiben jenes
Buches für ihn, konntest Du verstehen.
Mit Deinen Worten hast Du mich motiviert dann, wenn ich
dachte, dass ich nicht mehr kann.
Du hast mir etwas gegeben, etwas, was man nicht in Worte
fassen kann und doch als schöne Erinnerung mitnimmt ein
Leben lang.
Du hast meinem Buch, meinen Worten, das gewisse Etwas
gegeben, Deine Bilder spiegeln wider ein Teil meines
Lebens.

Ich wollte Dir dafür einmal danke sagen, für das, was Du für mich tatst. Ich werde es stets in Erinnerung tragen.
Du hattest Stress in Deiner Beziehung bekommen, weil Du Dir hast Zeit für mich genommen, denn Du hast viele Stunden bei mir verbracht und mir die Zeichnungen für das Buch gemacht.
Du bist sogar zu ihm gegangen, weil ich zu sehr war in meinen Gefühlen gefangen.
Du hast ihm das Buch gegeben, jenes Buch, welches mir so wichtig war und ist in meinem Leben.
Ich danke Dir von Herzen, für alles, was Du mir hast in jener Zeit gegeben, jener Schritt, ihm das Buch zu schreiben, war so wichtig für mein Leben.

Danke

Ich und Tanni

Oft, wenn ich in den Spiegel schau, ich meinen Augen nicht
trau.
Wer ist diese Person, die dort steht?
Ah, es ist meine Hülle, die mit mir durchs Leben geht.
Ich starre sie an, frage mich, wann das alles mit uns begann.
Ihre Augen wirken traurig und leer, so als könne sie nicht
mehr.
„Tanni!", sagte ich zu ihr, „Glaube an Dich und habe Mut, am
Ende wird alles wieder gut."
Doch ihre Mimik veränderte sich nicht, sie trägt immer noch
die gleiche Traurigkeit in ihrem Gesicht.
Erneut spreche ich zu ihr:
„Tanni, versuch lächelnd durchs Leben zu gehen, dann
werden wir schöne Dinge sehen."
Doch ihre Augen,

sie haben kein Leuchten mehr.
Obwohl sie es einmal besaßen, und ich mochte es sehr.

„Tanni! Bitte werde wach!
Gib auf Dich und Deine Seele acht."

Doch, es kullert nur eine Träne über ihr Gesicht, ich glaube
es einfach nicht.
Was war nur mit ihr geschehen? Dass sie keine Freude mehr
am Leben tat sehen?
Was hatte das Leben mit ihr gemacht, dass sie kaum mehr
lacht?

Wo war ihr Kampfgeist geblieben? Hatte der Druck ihres
Lebens ihn vertrieben?
Sie war immer eine so starke Frau gewesen. Jetzt stand vor
mir ein gebrochenes Wesen.
Ich schrie sie an, vielleicht begriff sie es dann:

„Tanni!

Fange an zu kämpfen!

Fange an zu leben!

Tue Dir selbst die Chance geben!"

Tränen liefen ihre Wangen entlang, mir wurde angst und
bang.
Zart strich ich ihr durchs Gesicht und die Kälte des Spiegels
erschrak mich.

ICH

Ich fühle mich einsam und leer. Innerlich schreie ich bereits:
„Ich kann nicht mehr!"
Mit xxx, so dachte ich, würde ich den Rest meines Lebens
glücklich sein.
Doch heute, zwei Jahre nach unserem Zusammenkommen,
fühle ich mich mit meinen Emotionen und Gedanken,
gelassen allein.
Die Esoterik war immer ein großer Teil meines Lebens. Mit
xxx über jenes Thema zu sprechen, ist vergebens.
Ich ließ jenen Bereich in meinem Leben sein.
Karten legen und Co gehörten nicht mehr in meinem
Tagesablauf rein.
Doch ich hatte die Rechnung ohne mich selbst gemacht.

Die Zeit verging und ich gab nicht mehr auf mein ICH acht.
Im Laufe der Zeit veränderte mein Wesen sich, ich war nicht
mehr ICH.
Doch dann, Gott sei Dank, drang mein Sohn zu mir vor.
Seine Worte liegen mir noch heute im Ohr.
Über seine Worte fing ich an nachzudenken. Verstand, was
er meinte, und versuchte mein Leben wieder zurück zu
meinem ICH zu lenken.
Mit xxx ecke ich allerdings gewaltig bei diesem Thema an,
denn er ist nicht der Mann, der bewusst mit seinem ICH
lebt, der sich auf dieser Ebene bewegt.
Unsere Worte einander könnten kaum unterschiedlicher
sein, dadurch fühlen wir uns,
jeder auf seine Art,
verlassen gelassen vom Partner,
allein.

Manchmal 15.10.2009

Manchmal erscheint einen das Leben trüb und leer.
Manchmal glaubt man,
man kann nicht mehr.
Manchmal glaubt man, man drehe sich im Kreis, weil man
nicht mehr weiterweiß.
Manchmal zweifelt man in seinem Leben.
Manchmal wird man Menschen, die einem weh taten,
vergeben.
Manchmal wird man einen Menschen lieben.
Manchmal wird man aus dem Leben des anderen
vertrieben.
Manchmal glaubt man an die wahre Liebe an sich.
Manchmal treffen einen harte Worte wie die Faust ins
Gesicht.
Manchmal schlägt das Schicksal des Lebens ein.
Manchmal fühlt man sich wahnsinnig allein.
Manchmal trägt man Kummer,
Trauer oder Verzweiflung in seinem Herzen.
Manchmal meint man, man könnte nicht umgehen mit den
seelischen Schmerzen.
Manchmal meint man, man kann die Last des Lebens nicht
mehr tragen.
Manchmal verliert man den Mut, um etwas Neues zu
wagen.
Manchmal muss man aus einer Beziehung gehen,
wenn zu viel unschöne Dinge in ihr geschehen.
Manchmal ist das so im Leben,
dann muss man alles an Kraft geben.
Manchmal ist man traurig und verletzt.
Manchmal fühlt man sich behandelt wie den letzten Dreck.
Manchmal wird man belogen und betrogen.

Manchmal glätten sich aber auch wieder die Wogen.
Manchmal fühlt man sich mies und klein.
Manchmal möchte man nicht mehr in seinem eigenen
Leben sein.
Manchmal fühlt man sich gedemütigt,
getreten,
nicht geliebt,
dann ist man froh,
dass es Freunde im Leben gibt.
Manchmal denkt man,
man ginge einfach fort.
Manchmal wünscht man,
man wäre an einem anderen Ort.
Manchmal muss man einfach immer weitergehen.
Manchmal muss man funktionieren,
um nicht unterzugehen.

Trampelsiech – Feministische Reizgedichte

Die toleranten Tanten

Wir sind die weibliche Elite,
Marie, Christine und Beate
Und wie wir alle heißen,
Wir lieben das Klugscheißen.
Wir sind die Toleranten
Und echt moderne Tanten.

Wir haben viele Rechte
Auch ohne große Gefechte.
Gebildet, stark und offen,
Von Elend nicht betroffen.
Wir nutzen unsere Waffen
Nie für die wirklich Schwachen.

Eine Burka ist doch schön
Und außerdem bequem.
Sie ist der beste Schutz
Vor Sonne und auch Schmutz.
Das denken wir uns so,
Toleranz macht eben froh!

Das Mädchen mit dem Schleier,
das ist gar jung – au weia!
Ihr Haar ist eine Schande
Sogar in diesem Lande.
Das gilt auch für ein Kind,
Toleranz macht eben blind!

Und fragen uns're Kleinen
Uns Löcher in den Bauch,
Wir zögern nicht zu meinen:
Das ist bei denen Brauch!
Uns reicht das einfach so,
Toleranz macht eben froh!

Was kümmert uns das Leid
Der Schwestern im Iran?
Von hier aus ist das weit
Und wir sind besser dran.
Wir hören sie nicht laut,
Toleranz macht eben taub!

Was kümmert uns Amila,
Wenn sie verscherbelt wird?
Solang unsere Sofia
Von Frauenhass nichts spürt.
Wir finden das gerecht,
Toleranz macht eben schlecht!

Wir mischen uns nicht ein
Wir machen niemand klein,
Schon gar nicht erst die Männer!
Unser Feminismus braucht den Glamour.
Uns reicht das auch schon so,
Toleranz macht eben froh!

Wir mögen alle Leute,
Auch die Besitzer junger Bräute,
Selbst prügelnde, harte Väter
Und andere Gewalttäter!
Die sind doch auch nur Opfer,
Toleranz macht eben tapfer!

Schon warnen uns die Alten,
Die zwideren Emanzen.
Sie legen ihr Gesicht in Falten
Und reden von Allianzen.
Wir machen die Ohren zu,
Toleranz verschafft uns Ruh'!

Wir tragen sie zu Grabe,
Die Gleichberechtigung.
Das Kämpfen ist so fade
Und wir sind schrecklich dumm.

Freier flüstern

Sexarbeit ist die Entdeckung,
Von links die kolportierte Rettung,
Die Politur der Prostitution,
In Wahrheit aber blanker Hohn.
Eine urgemütliche Fiktion,
Das Narrativ einer Nation.

Flott ficken Frauen per Vertrag
Vermeintlich frei und auch autark,
Mit wem der Zuhälter es mag
An einem 16-Stunden-Tag
Mit Kerlen, die sie gar verachten
Und sexuell grob ausschlachten.

Angeblich sind die Freier nett
Und verhalten sich adrett
In Kavaliermanier im Bett,
Doch werten Ficks im Internet.
In Freierforen flüstern sie,
die selbsternannte Sex-Jury.

Sie raten Fotzen, geile Mösen,
dort können sie die Zunge lösen.
Erzählen, wo sie gern einlochen,
wie sie abzocken und unterjochen,
auf gewünschte Sexpraktiken pochen.
Hier wird nichts nicht ausgesprochen.

Sie versenken ihren harten Schwanz
Brutal und gerne möglichst ganz
Und ziehen öffentlich Bilanz
Übers Frischfleisch dieses Lands.
Spritzen ab nach Lust und Laune
In Zigeunerschlampen oder Braune.

Sie wollen hartes, strammes Rammeln
Und günstig viele Stiche sammeln.
Sie reden über Körperwärme,
leugnen Bedenken auch sehr gerne,
wie Mafia-Bordellkonzerne
profitieren von der Bumsmoderne.

Sie klagen über Frauen, die quengeln.
Und haben sonst viel zu bemängeln,
zum Beispiel lustlose Gesichter,
Leichenblässe der Ficktrichter,
Ekelblicke sind Warnlichter,
irritieren triebhafte Verrichter.

Aber blaue Flecken nicht,
da dämmt man einfach nur das Licht.
Das stört beim Ficken sonst die Sicht
Und gäbe ja dem Mann die Pflicht,
sich Fragen über Macht zu stellen,
das ließe ihn sofort abschwellen.

Stattdessen propagieren sie die Mär
Von freiwilligem Geschlechtsverkehr.
Von Frauen, die nichts schöner finden,
als unter Kerlen sich zu winden,
bestimmt aus fragwürdigen Gründen,
die in Selbstausbeutung münden.

Einzig und allein die Freier
Diese ungenierten Geier,
sind frei von Ethos und von Schuld,
während uns die Politik einlullt
mit dem Sexarbeiterinnenkult.
Und wir lauschen voll Geduld.

Und ignorieren Frauenrechte,
sind völlig schamlose und schlechte,
unsolidarische und selbstgerechte
Propagandaweiber jener Mächte,
zu feig für laute Wortgefechte,
Feministinnen, unechte.

Zitate aus:
https://dieunsichtbarenmaenner.wordpress.com/tag/freier/

Die biologische Irritation

Ich bin eine FLINTA
in einer Bubble voller Linker
mein Geschlecht, das ist fluide
Heute heiße ich Elfriede
Und morgen vielleicht Franz
Auch ganz ohne Schwanz!

Ich wähl' mir ein Pronomen
Pfeif auf die Chromosomen!
Das Leben ist schön bunt
Und Abwechslung gesund
Wen schert es denn, dass Frauen
Schon wieder durch die Finger schauen!

Und hab' ich langsam den Verdacht,
dass das große T zunichtemacht,
Was Frauen sich hart erkämpft
Und äußere ich dann gedämpft
Einwand und Kritik
So nennt man mich transphob,
Denn das ist heute chic!

Als Frau hab' ich mein Herz zu weiten
Nach allen möglichen Seiten
Für Homos, Queers, Transgender
Und nicht-binäre Blender
Sonst bin ich eine TERF
Und keine Frau mit Verve!

Doch ich kann nicht zuschauen,
Wie allesamt die Frauen
Als politisches Subjekt
Geschluckt werden und verdeckt.
Den Mann, den gibt es noch,
Das Patriarchat, es lebe hoch!

Mir scheint, ich bin nicht woke enough
Weil ich es echt nicht raff,
Was Frauen davon haben,
Sich politisch zu begraben
Sie streiten und sie zanken
Während die Männer Power tanken.

Sie lachen sich ins Fäustchen
Und verachten uns dumme Weibchen.
Schwestern, werdet endlich wach!
Machen wir nun so richtig Krach
Und lasst uns standhaft wehren
Gegen die echt Reaktionären!

Wir pinkeln ihnen ans Bein,
Das Wort Frau darf weiter sein.
Wir lassen uns nicht spalten,
Und uns für blöde halten.
Wir kämpfen tapfer dagegen,
Wir Frauen sind verwegen!

Metamorphose

Eine Raupe schaute neugierig auf einer Blumenwiese herum. Überall tanzten bunte Schmetterlinge filigran an den Blütenblättern. Im Sonnenlicht schillerten alle Flügel so prächtig in jeglichen Farben, die man sich vorstellen konnte. Die Raupe betrachtete hingehen betrübt ihren klumpigen Körperbau. Schon seit Längerem fraß sie sich kugelrund und sehnte sich danach, wie ihre Eigenart als Schmetterling in die Lüfte zu fliegen und ein neues Leben zu beginnen.

Leider schaffte sie es bislang nicht, sich zu verpuppen. Somit nahm sie noch mehr Nahrung zu sich, in der Hoffnung, der Prozess beschleunigte sich und sie würde sich irgendwann bald auch den Schmetterlingen anschließen. Doch Tage vergingen, und nichts geschah. Sogar ihre besten Freunde verwandelten sich schneller in Schmetterlinge, als sie es sich jemals erwünscht hätte.

„Juhu", rief ein Zitronenfalter strahlend, „Was für hübsche Flügel ich bekommen habe!"

„Glückwunsch", gratulierte ein Admiral. Beide flogen munter über die Lüfte, bis sie das trübselige Gesicht der Raupe bemerkten.

Der Admiral versuchte, sie zu trösten: „Keine Sorge, mit ein wenig Geduld wird aus dir ebenfalls ein wunderschöner Schmetterling."

Die Raupe seufzte zweifelnd: „Während jeder vergnügt fliegen kann, warte ich seit Ewigkeiten auf meine Verpuppung, wie lange muss ich noch warten?"

Besorgt sahen ihre Freunde, wie sie traurig den Rücken abwandte und sich tief in einer Baumritze einnistete.

Obwohl sie gerufen wurde, ignorierte sie die Geräusche von draußen. Im Moment brauchte sie die Zeit für sich selbst. Solange sie die Verwandlung nicht vollbracht hatte, würde sie diesen Platz nicht verlassen, egal wie lange sie dort verweilen möge.

Fest entschlossen vergrub sie sich unter einer Schicht aus Blättern, Wurzeln und Erde. An nichts anderes dachte sie als daran, die Verpuppung bis zum Ende erfolgreich durchzuziehen. Von der Außenwelt bekam sie überhaupt nichts mit und sie verzehrte Unmengen an Nahrung. Irgendwann war sie so erschöpft, dass sie einschlief.

Nach einer längeren Zeit wachte die Raupe auf und fühlte sich deutlich leichter als zuvor. Endlich traute sie sich wieder, sich nach draußen zu begeben. Ein Wassertropfen, der leicht schwankend auf einen Grashalm balancierte, ermöglichte es ihr, ihr Spiegelbild zu sehen. Überrascht bewunderte sie die zarten orangenen Flügel. Schließlich überkam sie die freudige Realisation: „Ich habe es tatsächlich geschafft!" Mit einem stolzen Lächeln wollte der Schmetterling sein neues Aussehen zeigen und flog zu seinen Freunden.

Die Flucht

Dürre, dunkle Bäume standen dicht beieinander und streckten ihre kahlen Zweige in den grauen Winterhimmel, als ob sie nach den Schneeflocken greifen wollten, die stürmisch flogen. Schon bald lag alles unter einer gewaltigen Schneedecke – bis auf einen schwarzen Turm, der sich fernab der Zivilisation und in einem heruntergekommenen Zustand befand. Um den trostlosen Turm herum verhinderten hohe, spitze Zäune, dass man einfach so in das Haus eindringen oder daraus entkommen konnte.

Am großen Fenster stand ein wunderschönes Mädchen mit Haaren, so golden wie die strahlende Sonne. Daher trug sie den Namen Aurora.

Für eine Weile starrte sie am Fenster in die ganze Landschaft, von ganz oben. Es war auch die einzige Möglichkeit, mit der Natur einerseits so nah verbunden, aber andererseits so weit entfernt davon zu sein.

Plötzlich hörte sie das Entsperren der Tür und Aurora schloss schnell das Fenster. Kurz darauf öffnete eine alte Frau die Tür. Sie hatte einen strengen Blick: „Bist du brav und gehorsam im Zimmer gewesen, Aurora?", fragte sie aufdringlich. Aurora nickte stumm. Die alte Frau saß dann neben ihr und tätschelte behutsam ihren Hinterkopf. „Kein Geschenk kann schöner sein als mein liebes Vögelchen, das immer artig meine Anweisungen befolgt. Ich brauche mir wirklich keine Sorgen um dich zu machen, du würdest niemals einen einzigen Fuß in die gefährliche Außenwelt setzen."

Schweigend hörte sie die Worte der Dame, während sie sich kaum von der Stelle bewegte.

Irgendwann stand die Vettel auf: „Mutter wird für dich ein feines Essen zubereiten. Im Zimmer kannst du dich so frei bewegen, wie du möchtest. Alles andere soll dich nicht bekümmern." Mit diesen Worten machte sie die Tür zu und ließ Aurora allein.

Die Augen auf dem Himmel gerichtet, streckte sie die Hand in dieselbe Richtung. Sehnsüchtig murmelte sie: „In der Natur frei sein ... Nach draußen gehen."

Wie aus dem Nichts öffnete sich das Fenster, ohne dass Aurora etwas dazu beigetragen hatte. Etwas Bräunliches näherte sich rasant ihrem Zimmer. Noch bevor sie reagieren konnte, flatterte flink eine große braune Eule herein, die dann auf ihrem Schoß landete. „Huch!", japste Aurora. Ein wenig verängstigt schaute sie in die glänzenden Goldaugen der Eule. Diese erwiderte ihren Blick, hüpfte neugierig nach oben. Sehr vorsichtig legte Aurora ihre Hand auf den Schnabel der Eule. Dabei berührte das sanfte Tier ihre Hand zunächst einmal, später aber traute die Eule es sich, sich komplette Streicheleinheiten geben zu lassen und nibbelte sogar zart an ihrem Finger. Aurora war total fasziniert von ihrem neuen gefiederten Freund und schien ihre Aufmerksamkeit nicht von der Eule abwenden zu wollen.

Doch unerwartet kam Auroras Halterin herein. Ihr Gesichtsausdruck verfinsterte sich sofort, als sie Aurora mit der Eule spielen sah.

In ihrer Not versuchte sie, die Situation zu erklären: „Mutter, ich –"

Kühl sendete die Vettel ein Zeichen zum Schweigen. Wild fuchtelnd vertrieb sie die Eule und schlug nach ihr. Verzweifelt beobachtete Aurora, wie das Tier panisch von der hysterischen alten Frau wegflog. Trotzdem blieb die Eule im Zimmer. Sichtbar in Rage gesetzt, hetzte sie nach ihr. Obwohl die Eule die Bewegungen voraussahnen konnte, ließ ihre Schnelligkeit immer mehr und mehr nach.

Das bemerkte die betagte Dame und holte unbemerkt aus der Schürzentasche einen kleinen funkelnden Gegenstand, der metallfarben war und am Ende gefährlich spitz geformt schien.

Zu spät könnte Aurora darauf reagieren und sie davon abhalten.

Der mörderische Dolch schnitt in das Gefieder des zahmen Wesens. „Nein!", stieß Aurora einen entsetzlichen Schrei aus und wollte sich gegen sie wehren. Allerdings rückte sie das Mädchen rüde beiseite.

Danach war kein Piepsen zu hören. Völlig verstört sah Aurora am Fenster nach unten. An einer Stelle am Boden bildete sich eine kleine Blutlache um die tote Eule mit ein paar ausgerissenen braunen Federn.

Die einst strahlenden Augen wirkten nun leer und leblos. Ohne ihr einen einzigen Blick zu würdigen, schloss die Halterin das Fenster, verriegelte es komplett und Auroras Augen begegneten dem bösen Gesichtsausdruck ihrer Hausherrin. „Du warst nicht artig gewesen", zischte sie leise. „Obwohl ich dir so viel Vertrauen geschenkt habe, aber diesmal hast du das missbraucht."

Über ihrem Gesicht zogen sich bedrohliche Schatten. „Das wird nicht wieder vorkommen."

Seitdem Auroras Hüterin das Zimmer verbarrikadiert hatte, drangen nur noch einzelne Lichtstrahlen in ihr Zimmer. Ansonsten umhüllte die Finsternis den ganzen Raum. Regungslos lag sie im Bett. Selbst nach mehreren Stunden konnte sie nicht einschlafen und die Tränen liefen ihr unkontrollierbar übers Gesicht.

Als Strafe wurde sie von der Vettel in einem Käfig eingesperrt und sie verriegelte zusätzlich das Schloss, damit Aurora erst recht nicht auf die Idee kam, sich nochmals gegen sie zu widersetzen.

Irgendwann hörte sie auf zu weinen, dennoch verschwand die Trübsal in ihrem Herzen nicht.

Auf einmal funkelte etwas im fahlen Mondlicht. Der Lichtstrahl richtete auf Auroras Schlafhose. Hastig wühlte sie herum, bis sie auf mysteriöse Weise eine kleine braune Feder fand. Es dauerte nicht lange, die Feder zu erkennen, und ihre Augen begannen wieder feucht zu werden. Nun spürte sie neuen Mut. Zunächst horchte sie nach Geräuschen, aber sie vernahm nichts außer ihrem flachen Atem. Daher versuchte Aurora, mit der Feder das verriegelte Schloss zu knacken. Auf wunderliche Weise funktionierte es, jedoch benötigte sie viel Geschick und Geduld. Gelegentlich achtete sie darauf, ob sie mögliche Schritte der Hausherrin hörte.

Ihre Anspannung stieg immer mehr, wodurch ihre Finger sehr zitterten und ihr die Fähigkeit erschwerten, die Feder richtig zu halten. Schließlich gelang es ihr, sich aus dem Käfig zu befreien. Beinahe hätte sie vor Freude gejubelt. So leise wie möglich öffnete sie die Tür und verließ in vorsichtigen Schritten das Schlafzimmer. Jetzt muss Aurora nur noch unauffällig das Haus verlassen und dann, endlich, wäre sie frei!

Erschrocken stellte sie fest, dass die Vettel hinter ihr stand: „Das wilde Biest will Reißaus nehmen, ich muss es nochmals zähmen lassen."

Die alte Frau griff nach ihrer rechten Hand, doch diesmal schubste Aurora sie nach hinten, woraufhin sie das Gleichgewicht verlor und auf das Esstischlein krachte. Schnell nutzte Aurora die Chance, die Treppe hastig hinunterzuspringen. Nun nahm die betagte Dame die Verfolgung auf: „Du wirst mir nicht entkommen, Aurora! Du gehörst nur hierher!"

Ohne zu stoppen, fasste sie die Türklinke, doch so sehr Aurora versuchte, an der Tür zu rütteln, sie gab nicht nach. „Ich muss unbedingt den Schlüssel finden!", dachte sie panisch. Gerade als sie sich umdrehen wollte, wurde sie von einer knöcherigen Hand an der Schulter gepackt: „Aurora, wenn du mich verlässt, wirst du in der Kälte und grausamen Außenwelt nicht überleben können." Ihr Gesichtsausdruck wirkte beinahe sanft. „Glaub mir, du bist hier besser aufgehoben." Trotzdem riss sich das Mädchen von der Hand los und entfernte sich von ihr, bis sie mit dem Rücken am Fenster lehnte. „Mutter ...", begann Aurora zu sprechen, „Wie kannst du nur behaupten, ich wäre frei, wenn ich von dir jederzeit kontrolliert werde und ich in diesem Turm gefangen gehalten bin?"

Noch bevor die Hausherrin realisierte, was Aurora plante, öffnete sie rasch das Fenster und sprang ohne zu zögern hinaus. Es war zu spät, nach ihr zu greifen. Mit einem geschockten Blick starrte sie auf den Boden, doch keine einzige Spur war von Aurora zu sehen – außer ein paar braune Federn ...

Der Himmel zeigte keinen Stern in der trüben Endlosigkeit, nur der Schnee und der Wind wirbelten tobend. In der frischen Schneemasse bildeten sich Fußabdrücke, während Blutstropfen sowie braune Federn hinunterfielen.

Schwer verletzt schleifte Aurora einsam im Wald herum. Nachdem sie den Wald verlassen hatte, erblickte sie ein verschlafenes Dorf, das mit dem ersten Lichtstrahl der Morgenröte zum Leben erwachte. Gebannt betrachtete sie den Horizont und lächelte friedvoll. Ein neuer Morgen brach für sie an.

Freunde

Es gibt ein Mädchen, das auf der einen Seite so auffällig ist wie ein bunter Hund, aber auf der anderen Seite unsichtbar wie ein Geist erscheint.

Mir ist es häufig aufgefallen, dass sie immer allein im Unterricht sitzt, mit niemandem zu Mittag isst und auch nie mit ihren Mitschülern spielt. Die anderen Schüler bemerken dies, jedoch scheint es sie nicht allzu sehr zu stören.

Also habe ich beschlossen, mit ihr zu reden. Als ich sie wie üblich einsam auf einer Bank sitzen sehe, nähere ich mich und sage freundlich: „Hallo! Darf ich neben dir sitzen?" Sie scheint ziemlich überrascht zu sein. Vielleicht ist es das erste Mal gewesen, dass sie von einem Mitschüler so direkt angesprochen wird. Glücklicherweise ist sie damit einverstanden.

„Es freut mich wirklich, neben jemandem zu sitzen. Dann fühlt man sich auch nicht so allein, stimmts?" Lächelnd schaute ich sie an.

Ihre Reaktion habe ich nicht so erwartet. Ich glaube zu sehen, dass sie es mit einem Lächeln erwidert. Ich kann ihre Freude erkennen, da ihre Augen jetzt mehr strahlten als sonst.

Schließlich frage ich sie: „Wollen wir fangen spielen?" Ihre Augen leuchteten noch mehr auf und sie antwortet fröhlich: „Gerne!"

An diesem Tag hat unsere Freundschaft begonnen.

Zahlenmythos, Zahlenmagie

In unserer Lebenswelt sind Zahlen allgegenwärtig. Auf den ersten Blick mögen sie etwas relativ Banales sein – doch manchmal scheint es, dass sie zusätzlich ein eigenwilliges Gewicht bekommen, oft sogar eine mystische, ja magische Dimension. *Warum sind aller guten Dinge 3?* Warum kriseln Ehen öfters im *„verflixten 7. Jahr"*? Oder warum fürchten viele Zeitgenossen, dass die Zahl 13 *Unglück bringe?* Nun, da mögen oft abergläubige Vorstellungen mit im Spiel sein, die in unserem Unterbewusstsein irrationale Vorstellungen, unerklärbare Ängste hervorrufen – doch wer weiß, vielleicht gibt es neben dem *Placebo-Effekt* (es ereignet sich so, weil wir es glauben) auch reelle Wirkmechanismen.

Dabei ist die Geschichte der Zahlen sehr eng mit der Geschichte der Menschheit, seiner Kultur und seiner Religion verwoben. Bei genauerer Beobachtung der Geschehnisse in der Welt lassen sich geheimnisvolle Ordnungen und Zusammenhänge beobachten. Wer die „Harmonie der Welt" ergründen möchte, der muss sich bemühen zu erkennen, welche Proportionen und Zahlenverhältnisse tatsächlich hinter den Dingen verborgen sind.

Schon seit Beginn der Menschheitsgeschichte haben sich Philosophen, Astrologen und Mathematiker mit diesen Zusammenhängen auseinandergesetzt. So erklärte *Aristoteles: „Drei ist die erste ungerade und vollkommene Zahl, weil in der Dreizahl zuerst Anfang, Mitte und Ende ist." Plato* hat in seinem *Timaios im Zusammenhang mit den Spannungen von Polarität und Dualität* erklärt: *„Gott bildete ihn, als er anfing, den Weltkörper zusammenzufügen aus Feuer und Erde. Zwei*

Dinge aber lassen sich für sich allein nicht haltbar zusammen-
fügen; es gehört notwendig dazu ein drittes, ein vermittelndes
Band nämlich, welches die Vereinigung beider erst zustande
bringen kann." Pythagoras und seine Schüler bauten ein ganzes
Deutungssystem der Welt auf Zahlen auf. Sie hielten die Zahl
für das weiseste Ding und die Harmonie für das schönste. Sie
beobachteten die Gestirne, weil sich in ihnen eine kosmische
Harmonie erkennen lässt. Auch in der Musik erkannten sie
diese innere Beziehung, die durch die Proportionen sinnvoll
gefügt und geordnet ist. Die Schwingungen der Töne können
auf exakte mathematische Weise definiert werden, die Oktaven
(z. B. a' = 440 und a'' = 880 Hertz) und die Akkorde stehen
in genauen Zahlenverhältnissen zueinander. Dadurch ergibt
sich die rechnerisch ermittelbare Struktur der diatonischen
Tonleiter als Beispiel der Formkraft der kosmischen Harmonie
einerseits das *rationale* Verlangen nach exakter Messung in
vielen von uns – andererseits wird die Musik von den meisten
Menschen hauptsächlich *emotional* empfunden und kann
neben der Erbauung an klanglichen Schönheiten reinigende
und heilende Kraft entwickeln, sodass sie zu kultischen Handlungen, ja sogar zur Therapie verwendet wird.

Der bulgarische Arzt und Psychiater *Georgy Lozanov* hat
herausgefunden, dass gewisse Werke der Barockmusik die *Lern-*
fähigkeit der Menschen dramatisch steigern können. Eine Erklärung dafür könnte darin liegen, dass diese Komponisten
(Bach, Corelli, Händel, Haydn etc.), die in ihrer Zeit auch
Auftragskompositionen für kirchliche Anlässe ausführten,
bei denen *Andacht* gewünscht war, bestimmte Gesetzmäßigkeiten kannten, die uns heute größtenteils verloren gegangen
sind. Mithilfe einer EEG-Messung (Hirnströmemessung) kann
nachgewiesen werden, dass die Musikstücke ebenso wie eine
andächtige Stimmung im menschlichen Gehirn eine massiv er-
höhte Produktion der langsamen *Alphawellen* (ca. 7–13 Hertz)
bewirken, die sowohl eine psychische Beruhigung als auch eine

um ein Vielfaches *gesteigerte Informationsaufnahmen und Gedächtnisleistungsoptimierung* mit sich bringen. Interessant sind hierbei die neuen Erkenntnisse des Stuttgarter Gehirnforschers *Günter Haffelder,* die belegen, dass diese Alphawellen eine Addition von Theta- und Deltawellen sind – also auch hier wieder eine zahlenmäßige Ordnung zu finden ist. Es zeigt sich, dass in unserem Mikro- wie in unserem Makrokosmos Zahlenbeziehungen die gesamte Struktur bestimmen. Die Zahl ist ein Schlüssel der Wirklichkeit, der innere Zusammenhalt der Dinge. Ihre Eigenart wird durch diesen Schlüssel verstehbar und nachvollziehbar.

Weiters können kurzgefasst den Zahlen folgende Bedeutungen zugeteilt werden: Die „Eins" gilt als das unveränderlich Bleibende, ewig Seiende (Gott), wogegen die „Zwei" als Gegensätzlichkeit, als „So sein" und „Nicht so sein" gewertet wird (= erstes universales Schöpfungsprinzip). Die „Drei" stellt das aus dem Gegensatz entstandene Neue dar (z. B. Vater–Mutter–Kind). Alles Neue im Kosmos entspringt einer Gegensätzlichkeit (= zweites universales Schöpfungsprinzip). Einen rein rationalen, irdischen Hintergrund hat die „Vier", und von da an wird die Bedeutung der Zahlen reichlich kompliziert. So ist denn die „Fünf" ein „Sowohl als auch", weil sie Dualität und Trinität in sich birgt (5 = 2 + 3). Es folgt dann die doppelte Dreiheit (6) und die „böse" oder auch glückbringende „Sieben". „Neun" ist die Vollkommenheit, die dreifache Trinität (9 = 3 x 3). Die Zahlen von 1–9 sind fundamental, und jede höhere Ziffer hat eine an sich eigenständige Bedeutung, geht aber stets auf den Urgrund 1–9 zurück. Die effektive Quersumme jeder beliebig großen Zahl ergibt immer ein einstelliges Resultat!

Neben der rein menschlichen, auf den Alltag bezogenen Betrachtung sollten wir uns auch über die universelle Schöpfung hie und da Gedanken machen. Sowohl in astralen und atomaren Strukturen beginnen Zahlen ins Unermessliche zu entfliehen. Da sind dann Milliarden und Billionen nicht mehr als ein Pappenstiel. Allein schon ein menschlicher Körper besteht aus rund 100 Quadrillionen (100 Millionen Milliarden) unterschiedlicher Körperzellen, die sich alle aus einer winzigen weiblichen Eizelle gebildet haben. Lernen wir staunen! Schließen wir unsere Betrachtungen mit einem Gedicht von *Albrecht Haushofer*, der gegen Ende des zweiten Weltkrieges in einem Berliner Gefängnis saß und mit seinem Tod rechnen musste.

Ob sich in Klängen wie zu freier Wahl
Im Keplerschen Gesetz ihr Sinn enthüllt,
es muss wohl sein, dass diese Welt erfüllt
geheimnisvolle Harmonie der Zahl.

In Strahl und Schwingung zu gemess'nem Spiel
Umschwebt sich aller Stoff und löst sich wieder,
und alle Formen sind gewollte Glieder
in einem Weltgesetz vor einem Ziel.

Wer je den Bau der Welt bedacht
Und fühlte nicht, wie Gottes hoher Geist
Noch über den Gesetzen wacht und kreist,

wie blind erscheint, wer Schöpfertum verlacht,
wir kennen kaum den kleinsten Teil davon:
Gesetz ist Wunder, Zahl ist Weltenton.

Prof. Dr. Dr. h. c. Edwin Meier PhD, der unter dem Namen *Eddie Meier* vier Fortsetzungsromane im *united p.c. Verlag* herausgebracht hat: „Schweiß, Blut und Drogen", „Verschleppt in Schwarz Afrika", „Jagd nach Gold und Diamanten in Zentral-Afrika" und „Röstigraben Rift Valley Velo Blues", die alle im Rad-Rennmilieu handeln.

Prag 1968

Vier Jahre nach der Zerschlagung des „Prager Frühlings" kam ich 1972 mit einer Schülergruppe nach Prag, und die Bilder der Panzer in Prag und die Selbstverbrennung des Studenten Jan Palach als Protest gegen das Moskauer Diktat waren noch unvergessen. Der „Prager Frühling" 1968 – eine Hoffnung, die allzu schnell dem Imperialismus der Sowjetunion zum Opfer fiel. Ein weiteres Mal nach Berlin, Warschau, Sofia und Budapest.

Die Sowjetunion löste sich auf – Russlands Politik änderte sich mit der Machtübernahme Putins nicht. Die Liste der Militärinterventionen ist länger geworden, und die Brutalität führt damals und heute bis zur Vernichtung ganzer Städte und Länder: Georgien, Armenien, Aleppo, Libyen, Krim, Ukraine …?

Plakate an der Prager Universität

Dies ist Dein Frieden

Das ist der Imperialismus

Heute rollen wieder einmal Panzer in eine europäische Hauptstadt ein, um die Sehnsucht der Menschen nach einem würdigen Leben in Freiheit und Demokratie mit Panzern niederzuwalzen.

Die Steigerung der imperialistischen sowjetischen Besetzungen der Sowjetunion innerhalb des Warschauer Paktes bis hin zu Putins Revisionswahn ist die kalte, völkerrechtswidrige, mörderische Kriegsführung, sind Kriegsverbrechen, die vorsätzlich Zivilisten töten und humanitäre Einrichtungen wie Krankenhäuser, Schulen und Kindergärten angreifen, Lebensmittellager und Wasserleitungen zerstören, um die Menschen zu zermürben.

Die beste Methode der Verwendung

1972 hatte sich das Leben in Prag zwangsläufig normalisiert, unter der Firnis die Trauer und Hoffnungslosigkeit bedeckend.

Damals, im „kalten Krieg", wie heute, in Zeiten der Globalisierung, hatte der Rest der Welt der sowjetischen Aggression wenig entgegenzusetzen. Es war diese Stimmung, die immer noch überall zu spüren war.

Doch in allen Krisen haben Menschen der sich nach und nach einschleichenden Resignation Widerstand entgegengestellt. Ein Zeichen hierfür sah ich, als ich in meinem Hotelzimmer beim Einräumen meiner Sachen die Schranktür öffnete. Groß eingeritzt in die Innenseite der Schranktür stand 3:2 ohne weiteren Kommentar. Mein Gedächtnis brauchte nicht lange, um die Bedeutung zu verstehen. Es war ein Ausdruck der Freude und Revanche. Mit 3:2 besiegte das Team der Tschechoslowakei die Sowjetunion und wurde 1972 Eishockeyweltmeister durch diesen Triumph gegen die Unterdrücker. Ein verstecktes Zeichen und ein Schritt zu wieder aufkommender Hoffnung und Selbstbewusstsein. Vor allem wegen der großen Bedeutung dieser Sportart in beiden Ländern.

Prag war voller Touristen und konnte in seiner Schönheit wieder besucht werden. Die Schäden der Besetzung waren weitestgehend beseitigt, die Infrastruktur, auch die touristische, funktionierte. Meine Warnungen über die Gefahr, Geld schwarz umzutauschen wurden aufgenommen. Was ich nicht wusste, die Busfahrer beider Länder hatten den Umtausch des Geldes, um die offizielle große Spanne zu umgehen, und den Export des begehrten Krimsektes untereinander organisiert. Und trotzdem blieben ein gewisses Unbehagen und latente Angst wegen der ständigen Überwachung. Das hatte schon beim Grenzübergang mit penibler Passkontrolle, Durchsuchung des Busses begonnen. Schlimm war, dass einigen Schülern die Haare abgeschnitten wurden, da die langen Haare einiger nicht mit ihren Passbildern übereinstimmte. Eine Schikane und bewusste Demütigung der ja so dekadenten Westler. Schlimm auch besonders deshalb, weil sie ihrer „langen Haare" wegen schon zu Hause oft Druck und Diskussionen ausgesetzt waren und sich davon nicht haben beeinflussen lassen. Hier, der kalten Macht ausgeliefert, half kein Protest gegen diese Schikane, weil im Falle der Weigerung die Einreise verhindert wurde. Als begleitender Lehrer war ich nicht in der Lage, ihnen diese Erfahrung zu ersparen. Ein Lehrstück über staatliche Willkür war es allemal, besser als jeder Unterricht dies hätte vermitteln können.

Strahlendes Wetter in dieser wunderschönen Stadt ließ uns die Tage dennoch genießen. Auf der Karlsbrücke über die Moldau mit dem Blick auf die Prager Burg kam dann die politische Realität für mich zurück. Ein älterer Herr hatte unsere Gruppe beobachtet, sprach mich an und fragte, ob ich etwas Zeit hätte, um miteinander zu sprechen. Er habe 1968 an der Universität Poster und Handzettel gesammelt und bat mich, diese mit in den Westen zu nehmen, als Dokumentation dieser Zeit. Wir trafen uns abends bei Luka zu Hause und verbrachten einen schönen und spannenden Abend. Zum Abschied gab er mir eine Tüte mit den Dokumenten, und wir umarmten uns lange, wissend um die geringe Wahrscheinlichkeit eines Wiedersehens.

Lukà hatte seine Form des Widerstandes gefunden und für sich zu einem Abschluss gebracht.

Mir wurde wohl durch die Euphorie dieser Begegnung erst kurz vor der Grenze klar, welches Risiko ich eingegangen war. Kurz vor der Grenze mussten doch, trotz aller Warnungen, einige der Gruppe austreten – Folge zu vieler Flaschen Pilsener Urquells vor der Rückfahrt. Damit war klar, dass unser Bus besonders genau durchsucht werden würde. Man versuchte immer sogenannte Übertritte Einheimischer in den Westen zu verhindern.

Ich versteckte alle Dokumente unter Pullover und Mantel um die Körpermitte verteilt und hatte Glück. Wir mussten aussteigen, und der Bus wurde gründlichst gefilzt, nicht aber wir. Nur langsam beruhigte sich mein Puls und niemand hatte etwas von meiner Nervosität bemerkt.

Damals konnte ich die Zeitdokumente nur herumreichen und zeigen. Die technischen Entwicklungen ermöglichen heute eine weitere Verbreitung. Anlässlich der Kriegsverbrechen in der Ukraine und um die Kontinuität der sowjetisch-russischen, imperialistischen Angriffe auf Freiheit und Demokratie zu dokumentieren, sowie als Aufruf, sich nicht einer trügerischen Ruhe hinzugeben sind in der Galerie **„Prager Frühling 1968"** die Aushänge an der Universität, die Zeitungsausrisse, Flugblätter und Plakate dokumentiert, die Luka mir 1972 anvertraut hat. Sie sollten als Erinnerung und Mahnung in den Westen gelangen und nicht vergessen werden. Diese Dokumente sind im Internet unter *drburkhardmielke.de* in meinem Blog „Unterwegs" unter „Dies ist dein Frieden" zu sehen. Dort sind auch die Plakate in den Originalfarben zu sehen.

Das grüne Beiboot
oder
Die Suche nach der früheren Unbeschwertheit

Als ich ein kleiner Junge war, mietete meine Familie eine Ferienwohnung in der Nähe von Saint-Malo. Vom obersten Stock blickten wir über die ovale Bucht bis zum Mont-Saint-Michel, dem erhabenen Klosterberg der Normandie. Von weitem sah dieser aus wie ein schwarzer Hut, den ein Riese aus Versehen in eine sonst flache Ebene geworfen hat. Je nachdem, ob man ihn deutlich oder verschwommen erkennen konnte, meinten die Einheimischen, das Wetter vorhersagen zu können. Auch die Farbe des Meeres, dunkel schimmernd oder glänzend wie ein polierter Schild, spielte für sie eine wichtige Rolle. Und oft lagen sie mit ihren Vorhersagen besser als der Wetterbericht.

Die Distanz, von meinem Bett bis zum Meer, habe ich nie in Metern oder Minuten gemessen, sondern in Stufen: Zuerst ging es eine knirschende, steile Holztreppe hinunter, vorbei an einem ausgestopften, fast haarlosen Wildschwein am Eingang, das irgendwann wohl mal als Schirmständer gedient haben musste, dann durch den abfallenden Garten hinaus auf den Pfad oberhalb der Küste und schließlich eine ausgetretene und an manchen Stellen berstende Betontreppe zur Bucht hinunter. Insgesamt waren das genau 144 Stufen.

Ich habe diese Stufen gehasst und geliebt. Zusammen mit meinem Opa schleppten wir jeden Morgen unser grünes Beiboot vom Garten die Treppe hinunter. Dieses Plastikboot war in etwa so groß wie ich und einen Meter breit. Mit Müh und Not hatten darin drei Leute Platz. Es war zwar verhältnismäßig leicht, aber extrem unhandlich. Spätestens ab Stufe 100 schmerzten die Arme und der Rücken, und die Laune war im Keller. Dass wir zusätzlich zwei Ruder, ein Holzbrett (zum

Sitzen im Boot) und unsere Angeln und Körbe trugen, machte die Sache nicht besser.

Aber unten angekommen war das alles vergessen. Bei Flut schlugen die Wellen gegen die Kaimauer, die außer uns nur von einheimischen Fischern genutzt wurde. Den meisten Touristen war der Weg zu anstrengend. Der Wind wehte uns den letzten Rest Müdigkeit aus dem Kopf und bei Ebbe ragten die berühmten Austernparks vor uns aus dem Wasser. Die Luft schmeckte nach Algen, Jod und Tang. Jeder Atemzug war so belebend wie eine kalte Dusche.

Wir ließen unser grünes Beiboot an der Kaimauer hinunter und kümmerten uns nicht darum, dass es dabei mit dem Boden grässlich über die Steine schrammte. Für uns war es unkaputtbar. Von dort zogen wir es über Sand und Steine bis zum Wasser. Meist ließ mich mein Opa allein rudern, bei Wind und Wellen ruderten wir gemeinsam.

Unser grünes Beiboot war im Wasser erstaunlich agil, und wenn man sich kräftig ins Zeug legte, knarrten die Dollen der Ruder und am Bug entwickelte sich eine kleine Schaumkrone. Als Ruderer saß ich mit dem Rücken zum Bug, mein Opa gab die Kommandos. Bei starken Wellen begann das Boot bedenklich zu schaukeln. Wir mussten den Bug dann rechtzeitig in die Wellen drehen und anschließend schnell auf den ursprünglichen Kurs zurück. Wir konnten gleichzeitig unseren Gedanken nachhängen und dennoch konzentriert sein. Es war das pure Glück.

Alles, was wir vom Meer wussten oder zu wissen glaubten, haben wir von Monsieur Garrell gelernt. Er war ein alter Fischer, der seit Jahrzehnten fast täglich in die Bucht hinausfuhr. Kleingewachsen, mit einem ungepflegten Bart und einer ausgeblichenen Kappe auf dem Gesicht, verkörperte er für mich einen Bretonen, wie er im Buche steht. Zum Sprechen bewegte er kaum die Lippen, und sein Akzent war so stark, dass wir uns manchmal nur mit den Händen verständigen konnten. Er machte das nicht aus Unhöflichkeit, er konnte einfach nicht anders, er war so.

Der Ankerplatz seines Bootes war weit draußen, schon fast außerhalb der Bucht. Bei Flut ruderten wir eine halbe Stunde hinaus. Es war ein typisches kleines Fischerboot, mit einem alten Dieselmotor in der engen Kajüte und einem Außenbordmotor am Heck. Während unserer gemeinsamen Stunden auf dem Meer sprachen wir meist nur wenige Worte. Monsieur Garrell zählte schon damals zu den wenigen verbliebenen Einzelkämpfern, die allein oder zu zweit in die Bucht hinausfuhren, um jeden Tag 20 bis 30 Fische und Meerestiere heimzubringen. Er verkaufte seinen Fang meist an Restaurants im Hafen, verschenkte an guten Tagen einen Teil an Bekannte und Freunde und behielt den Rest für sich.

Das Erste, was er uns beibrachte, war: Fische beißen am besten bei Flut, weil sie mit steigendem Wasser in die Bucht schwimmen und dann auf die Jagd gehen. Und wer nicht weiß, welche Stellen am beliebtesten sind (und über kein modernes Radargerät wie die heutigen großen Fischerboote verfügt), sollte nach Kormoranen Ausschau halten. Denn dort, wo die Vögel ins Wasser tauchen, sind meistens auch viele Fische. An einem Tag, die Sonne schien warm herab und das Meer war fast unbewegt, waren wir direkt über einem Schwarm Makrelen, der in einem regelrechten Fressrausch war. Wir brauchten nur unsere drei Angeln mit fünf Ködern auszuwerfen und nach wenigen Momenten hatte jeder von uns mindestens drei Exemplare am Haken. Es war unser erfolgreichster Fang.

Mit den Jahren wurde Garrell ein wenig zugänglicher, einmal erklärte er uns überraschend, dass er froh sei, schon so alt zu sein. Denn mit jedem Jahr wurden die Fische weniger. Und Garrells Miene grimmiger. Er berichtete, dass die Arbeit schwieriger wurde. Große Fischtrawler aus Saint-Malo und England fischten im Winter die Bucht mit Schleppnetzen leer. Die Menge an Beifang ist bei dieser Methode gigantisch: Delfine, Wale und Thunfische verenden jämmerlich zu Tausenden in den Netzen. Noch dazu wird der Meeresgrund wie von einem riesigen Traktor umgepflügt. Die Bestände würden Jahre brauchen, um sich davon zu erholen, sagte Garrell traurig.

An der französischen Westküste hat Ende des 20. Jahrhunderts ein Öltanker eine Umweltkatastrophe verursacht, Millionen Tonnen Rohöl haben die Küsten und Strände verseucht. Bis heute kann man an den Felsen die schwarzen Ringe der Ölpest und den höchsten Stand des Meeres ablesen.

Das Meer gehört niemandem – und hat deshalb auch keine Rechte. Garrell war ein genügsamer Mann, aber bei diesem Thema ballte er die vernarbten Fäuste und sein Kinn zitterte. Erst heute begreife ich, warum er ein Einzelkämpfer und ein einsamer Mann war. Die meisten Einheimischen arbeiten entweder in den Austernparks, den Restaurants oder bei den großen Reedereien. Sie beteiligen und verdienen selbst an der Ausbeutung des Meeres. Für kleine Fischer, deren Existenz am stärksten darunter leidet und die sie dafür kritisieren, haben und hatten sie kein Verständnis.

Dennoch ist mir bis heute unverständlich, wie besonders Menschen, die am und mit dem Meer leben, ihm so wenig Achtung entgegenbringen können. Von den Touristen ganz zu schweigen. In den Häfen werden die Kippen mit ihren Plastikfiltern noch immer achtlos auf den Boden geworfen, von dem der Wind sie im nächsten Moment ins Meer trägt. Abwässer und Regenrinnen fließen ungefiltert ins Meer, und die Schiffswände und -böden werden im Frühjahr tonnenweise mit Gift bestrichen, um die Algen abzuhalten.

Eines Tages zeigte uns Garrell auf seinem Handy einige Fotos: In seiner Garage sammelte er seit Jahren Müll, den er beim Fischen „gefangen" hatte. Alte Bojen, Reste von Fischernetzen, Plastikflaschen und sogar eine Schwimmhose ragten aus einem riesigen Fass an der Wand. Zeugnis der Schande, wie Garrell es nannte. Jedes Jahr an Weihnachten schleppte er den Müll vor die Mairie, das Rathaus der Stadt, und lud ihn vor den Stufen ab. Jedes Jahr wurde die Menge größer. Aber eine Reaktion blieb aus.

Die Politiker von heute scheuen sich, den Menschen etwas zuzumuten, das ihre Gewohnheiten bedrohen könnte, sagte Garrell. Sie lassen sich von vagen Meinungen treiben, sie verharmlosen und vertuschen. Und vor allem seien sie von der Gier nach Geld verdorben. Ich wusste es damals nicht, aber Garrell war für mich der erste Umweltschützer, den ich in meinem Leben kennengelernt habe.

Wir begriffen die Ausmaße und die Geschwindigkeit der Zerstörung damals nicht. Dabei waren die Anzeichen eigentlich nicht zu übersehen. Sie haben sich in mein Gedächtnis eingebrannt: Dass wir immer weiter zum Fischen in die Bucht rausfahren mussten, dass wir keine Delfine mehr sahen, und dass das Wasser bereits an Pfingsten warm genug zum Baden war. Letzteres hatte zur Folge, dass immer mehr Touristen in die Bucht strömten und sich an den relativ günstigen Preisen freuten. Es war wie überall: Der Massentourist zerstört gerade das Unberührte, das er erschließen und genießen möchte. Er drängt sich einem verschonten Flecken Erde auf, das abgesehen von den finanziellen Einnahmen, ohne ihn nicht nur besser dran, sondern auch schöner wäre.

Seitdem ich älter bin, muss ich immer wieder an die unbeschwerten Zeiten auf dem grünen Beiboot denken. Und gleichzeitig erinnere ich mich anders an das Meer: Wehmütiger. Wütender. Ängstlicher. Wehmütig, weil ich weiß, dass diese Zeiten nicht wieder kommen. Wütend, weil das Meer nie mehr so schön sein wird wie damals. Ängstlich, weil die Verschmutzung längst ein schreckliches Ausmaß angenommen hat. Plastikabfälle am Strand, Ölschleier auf dem Wasser, weiß-gelber Schaum an den Klippen. Vor Kurzem aß ich am Hafen ein Dutzend

Austern. Gleich in der ersten fand ich ein Stück eines Kronkorkens. Unsere Gedankenlosigkeit wird unser eigenes Verhängnis. Wir gehen mit dem größten Schatz unserer Planeten schlechter um als Kinder mit ihren Spielsachen.

In einem extrem heißen Sommer starb Monsieur Garrell an Krebs. Er hatte sein Leben lang fast jeden Tag Fisch und Muscheln gegessen, wohlwissend, dass auch seine geliebten Meeresfrüchte längst mit Quecksilber angereichert waren. Ob das eine Rolle bei seinem Tod spielte, wollte er lieber nicht wissen. Er hatte sein Leben gelebt und wollte nichts anderes. Mein Opa folgte ihm wenig später.

Auch das grüne Beiboot war eines Tages verschwunden. Leichtsinnig, wie wir waren, hatten wir es nur an der Kaimauer angebunden, und nicht wie sonst nach oben in den Garten geschleppt. Irgendwie tröstlich, dass es einen neuen Besitzer hat und vielleicht bis heute auf dem Meer umhertreibt. Ich bin mir sicher, dass ich es auch heute noch an seinen Schrammen und Dallen und seinem orangen Tau erkennen könnte.

Vielleicht komme ich irgendwann zurück und kaufe ich mir ein neues grünes Beiboot und paddle und treibe gedankenverloren auf dem Wasser umher. Solange es eben noch geht. Immer auf der Suche nach der früheren Unbeschwertheit. Vermutlich vergebens.

Es war einmal

Es war einmal vor sehr langer Zeit, in einem verwunschenen Märchenland ein zauberhaftes Schloss. Umgeben von den schönsten Blumen, den klarsten Gewässern, sprechenden Tieren und nie endendem Sonnenschein lebten ein Prinz und eine Prinzessin ... Wir alle kennen diese Märchen.

Doch: Was ist eigentlich aus ihnen geworden? Richtig, wenn sie nicht gestorben sind, dann leben sie noch heute!

„Wann kommt sie denn endlich, dieses unpünktliche Weib?", krächzte Rapunzel mit ihrer kratzbürstigen Stimme und rückte ihre dicke Eulenbrille zurecht.

„Du weißt doch, dass sie Arielle mitbringt. Das ist nicht mehr so einfach wie früher." Dornröschen stellte mit so viel Schwung das Tablett auf den Picknicktisch, dass der Wein in den Gläsern überschwappte. „So eine Scheiße! Jetzt darf ich die Tischdecke wieder waschen. Zum Glück wurden mittlerweile die Waschmaschinen erfunden!", quiekte sie übermütig und verteilte die Teller und Tassen auf dem Tisch.

„Beim Rumpelstilzchen, Dornröschen! Wie viele Pillen hast du denn heute schon geschluckt?" Rapunzel richtete genervt ihre Perücke zurecht, die den grauen, dünnen Haarwuchs verdecken sollte. Dornröschen hatte seit ihrem 100-jährigen Schlaf viel zu viel Energie. Täglich tanzte und sprang sie trotz ihres Bandscheibenvorfalls durch die Stadt, sie konnte nicht stillsitzen, und ausruhen war für sie zum Fremdwort geworden.

„Punzel, ich hab' dir doch schon tausend Mal gesagt, dass ich clean bin! Meinen letzten Entzug bei Merlin habe ich erfolgreich abgeschlossen!"

Rapunzel kniff gestresst die Augen zusammen. Sie war genervt von dem Übermut ihrer Freundin. Während sie Perücken tragen und zum Lesen eine Brille aufsetzen musste, durchlebte Dornröschen gerade ihre zweite Jugend. Voller Energie erstrahlte sie in frischem Glanz, die Vitalität durchströmte ihren Körper. Kein Botox, keine Haarextensions. Die 100 Jahre Schönheitsschlaf machten sich bemerkbar.

Die beiden Prinzessinnen wurden unterbrochen, als plötzlich ein lauter Schrei vor Rapunzels Haus zu hören war: „Arielle! Du solltest echt weniger Thunfisch fressen, du bist schwerer als meine sieben Männer zusammen!", hörten die Damen ihre Freundin Schneewittchen fluchen. Und schon war auch das altbekannte Kratzen der Wanne zu hören. „Ah, was für ein ohrenbetäubender Ton! Die Fischfrau sollten wir gar nicht mehr einladen!" Rapunzel hielt sich die Ohren zu.

Als Schneewittchen völlig verschwitzt endlich um das Hauseck in Rapunzels Garten bog, konnte man deutlich sehen, wieso sie so fluchte: Sie zog eine Wanne hinter sich her. Das Wasser darin schwappte bei jedem Schritt, den sie tat, an allen Seiten über.

„Schneechen, warte, ich helfe dir!", Dornröschen sprintete in ihrem veganen Sportanzug hinüber zu ihren Freundinnen. Schneewittchen stand mit hochrotem Kopf und Schweißperlen auf der Stirn im Garten. „Ich kann nicht mehr! Mein Rücken macht das nicht mehr mit! Die Alte wiegt doch bestimmt mehr als ein ganzes Schiff! Die sollten wir nicht mehr einladen, das sag ich dir!" Schneewittchen machte verrenkende Bewegungen, und ihr Rücken knackste mehrfach. „Oh, das tut gut! Jetzt brauch' ich nur noch meinen Rollator!"

„Hey! Ich kann auch nichts dafür, dass das Meer so verseucht ist! Da schwimmt man mehr im Benzin als im Wasser! Es ist unbewohnbar!", mischte sich nun endlich Arielle selbst ein. Dornröschen hatte Mitleid mit Arielle, doch als sie ihre Freundin in der Badewanne hocken sah, stockte selbst ihr kurzzeitig der Atem: Von der kleinen, zierlichen Meerjungfrau war nichts mehr übrig. Dank des vielen Fast Foods bestand Arielle nun mehr aus Fett als aus Schuppen. Die vielen Zigaretten der letzten Jahrzehnte hinterließen außerdem deutlich ihre Spuren an Arielles Zähnen, das Doppelkinn zeigte zwei Warzen und der Muschel-BH hing durch den riesigen Busen bis zum Bauchnabel hinunter.

Mit vereinten Kräften zogen die Prinzessinnen nun zu dritt die Wanne an den Tisch, den Dornröschen vorhin so schön gedeckt hatte. Endlich waren die vier komplett, und ihr Pokerabend konnte beginnen. Es war Zeit, denn langsam ging die Sonne als glühender, roter Ball am malerischen Himmel unter. Die Gastgeberin Rapunzel hatte für ihre Freundinnen reichlich aufgedeckt, und die Karten wurden endlich ausgeteilt. Arielle war mittlerweile in Rapunzels Goldfischteich geworfen worden, sie spielte von dort aus mit.

„Arielle, ich muss dir drei Dinge sagen", ergriff auf einmal Schneewittchen das Wort und teilte die Karten gekonnt aus. Die Prinzessinnen schauten gespannt zu ihr hinüber. „Erstens, ich kann dich immer weniger leiden. Und zweitens, du siehst mehr aus wie ein Walross als eine Prinzessin."

„Schneechen! Was soll das denn nun wieder?", mischte sich Dornröschen augenblicklich ein. „Der Junkie hält jetzt mal die Klappe", fauchte Schneewittchen zurück und sprach weiter auf Arielle ein: „Und drittens: Ich muss dir Recht geben."

Die Freundinnen sahen verwirrt in die Runde. „Bei was willst du alte Schachtel mir denn Recht geben?", antwortete Arielle und lehnte sich so weit aus dem Teich heraus, wie es ihr möglich war. „Ich würde auch nicht mehr im Meer leben wollen. Da ist echt nur noch Benzin drin und Müll und so ein Scheiß. Ja, verdammt, ich verstehe dich!" Schneewittchen schlug mit der Faust auf den Tisch, sodass Rapunzels Wodka überschwappte.

„Du? Recht geben? Verstehen? Schneechen, bist du etwa krank?", Dornröschen schüttelte erstaunt den Kopf und auch

Rapunzel stellte ihr Hörgerät lauter. Schneewittchen war bekannt für ihre schroffe Art, über ihre trockenen Lippen kam niemals ein freundliches Wort, sie war die Königin des Fluchens.

„Oh ja. Denn mich ereilte dasselbe Schicksal wie Arielle." Schneewittchens Stimme wurde selten leise, als sie die Neuigkeit verkündete, und sie sah schon beinahe betreten zu Boden.

„Oh Gott, du musst auch in eine Wanne?", rief Rapunzel aus.

„Wie schrecklich!" Schneewittchen verdrehte die Augen. „Beim Rumpelstilzchen! Rapunzel, dich hätte man echt im Turm verrecken lassen sollen! Nein, ich muss nicht in eine Wanne! Aber ich habe meine Heimat verloren, genau wie Arielle. Wegen der Menschen, genau wie Arielle. Die Männer und ich sind umgezogen."

„Du wohnst nicht mehr im Zauberwald?", Dornröschen riss gespannt ihre Augen auf. „Nein, Dornröschen. Ich wohne nicht mehr im Zauberwald." Schneewittchen schluckte und rückte ihre Brille zurecht. Spiegelten sich jetzt etwa auch noch Tränen in ihren Augen? Liebe Güte, welch ein historisches Ereignis!

„Die Menschen haben den Zauberwald fast ganz abgeholzt. Sie suchen Erdöl oder sowas. Und Platz brauchen sie natürlich. Platz für Rinder. Könnt ihr euch das vorstellen?"

„Der ... Der Zauberwald existiert nicht mehr?", Arielle lehnte sich gefährlich weit aus dem Wasser heraus. „Der magische See, die heulenden Blumen, die flüsternden Bäume ... Alles ist weg. Alles. Und meine Tiere haben sie gefangen und verschleppt. Pelz, vermute ich. Sie sind alle weg. Monster sind die Menschen. Sie haben keine Ahnung, dass wir Fabelwesen unter ihnen leben, und wie sehr wir leiden!"

„Das tut mir ja so schrecklich leid, Schneechen ..." Rapunzel wollte ihre Hand ergreifen, doch Schneewittchen schlug sie zurück. „Na ja, scheiß drauf! Ein paar Jahrhunderte hab' ich ja nun schon dort gewohnt! Jetzt wird erst mal schön gepokert!" Schneewittchen überspielte ihre Traurigkeit mit einem ungewohnten Lächeln. Dann krempelte sie ihre Ärmel zurück, sodass man ihr großes „No poison"-Tattoo am rechten Unterarm besonders gut sehen konnte.

Doch gerade als die Prinzessinnen anfingen, sich in ihre altbekannte Spielsucht hineinziehen zu lassen, meinte Dornröschen plötzlich: „Habt ihr das auch gehört?" Sie kniff verschwörerisch die Augen zusammen. „Geht nicht lauter", Rapunzel zuckte die Achseln, als sie verzweifelt versuchte, ihr Hörgerät noch lauter zu stellen. „Ich hab' es auch gehört! So ein seltsames Rascheln! Vielleicht ein Tier?", meinte Arielle ängstlich und tauchte ein bisschen tiefer in den Goldfischteich. „Das werden wir ja sehen!", Schneewittchen erhob sich und begann sich zu räuspern. Es war wieder einmal so weit: Schneewittchen setzte selbst auf ihre alten Tage noch ihre Fähigkeit ein, mit den Tieren zu sprechen. Doch niemand antwortete ihr, als sie mehrfach in die Büsche des Gartens gerufen hatte. Vielleicht hatten sie sich doch getäuscht?

„Da war es wieder!" Dornröschen sprang nun energisch auf. „Das ist kein Tier ...", flüsterte Schneewittchen, als sie plötzlich einen Schatten zwischen dem Rosenbeet entdeckte.

„Nimm das! Und dies! Und das!", nun sprang eine kleine, gelbe Figur aus ihrem Versteck und wirbelte mit einer Rose wild durch die Luft. „Beim Rumpelstilzchen!", riefen die Prinzessinnen aus, als ihnen bewusst wurde, wer sich da in Rapunzels Garten geschlichen hatte. Es war niemand geringeres als eine weitere Prinzessin: Prinzessin Belle.

„Na, von der Schönen ist aber nicht viel übriggeblieben!", lachte Schneewittchen sie aus. „Um Himmels willen, Belle! Komm, setz dich zu uns, Kleines!", ergriff nun Rapunzel das Wort. Belle stand in ihrem altbekannten gelben Kleid im Garten von Rapunzel, die Arme über und über bedeckt von Kratzern, die ihr die dornigen Rosen verpasst hatten.

„Schneechen, hör auf zu lachen! Seitdem die Menschen das Biest als Zirkusattraktion gefangen halten, hat Belle komplett den Verstand verloren, das weißt du doch!", ermahnte Rapunzel ihre Freundin Schneewittchen, und lief hilfsbereit hinüber zu Belle, die immer noch panisch mit der Rose kämpfte. Auch Dornröschen kam der kleinen, zierlichen Belle zu Hilfe. Ihr Haar hing wie Spinnweben seidig und dünn auf ihrem Kopf, die Altersflecken hatten beinahe ihre gesamte Haut bedeckt, die Schuhe waren schlammig. Ihr Blick war wirr und beinahe schon ängstlich.

Nach langen Diskussionen gelang es den Prinzessinnen schließlich, Belle mit an den Tisch zu setzen. Sie war zwar nicht fähig, Poker zu spielen, doch immerhin saß sie nun entspannt auf der Terrasse und trank einen Schnaps, anstatt sich mit Blumen zu prügeln.

„Sollen wir nächstes Mal auch Alice einladen?", fragte Arielle irgendwann, als der Mond hell am Himmel leuchtete, und das Pokerspiel in vollem Gange war. „Ne, die hat immer noch Angst vor Kuchen. Seitdem kommt sie zu keiner Feierlichkeit mehr", antwortete Schneewittchen – und alle mussten lachen.

Und wenn sie immer noch nicht gestorben sind, dann pokern sie noch heute …

Verwandlung – von der Theorie in die Praxis
Rüdiger Schlagowski, Berlin 2020

I

Dieser Begriff beinhaltet zugleich etwas magisch Zauberhaftes und etwas unwiederbringlich Verlorenes. Wir kennen die Metamorphosen des Alterns, denen die Jugend zum Opfer gebracht wird. Auch ist uns die Verschmelzung in der Kommunikation mit einem oder mehreren Mitmenschen geläufig, die uns aus dem langweiligen Alltag zu ungeahnten Höhen des Erlebens und Gestaltens führen. Regiert der Alltag zu sehr über uns, droht das ihm Entgegengesetzte verloren zu gehen und umgekehrt verleitet uns die ungehemmte Feier jedes Tuns das Leben als einzigen Rausch zu betrachten. Im Zentrum bedarf es der Balance, denn jede neu erreichte Stufe der Verwandlung ist zunächst in höchstem Maße labil, bevor der Einzelne in der allmählichen Gewöhnung an das Neue in der Erfahrung seiner Identität Sicherheit und Gewissheit verspürt. Die Dynamik äußert sich als Spannung zwischen den beiden Polen, ohne die sich Verlassenheit, Depression und Verzweiflung ausbreiten. Die jubilierende Seele kennt keinen schalen Lebensgeschmack und geht gesättigt seinen Weg zu Ende.

II

Manchmal gibt es Momente, in denen man schier verzweifeln könnte. Und doch stellen wir oft im Nachhinein fest, dass es völlig richtig war, den Kopf nicht in den Sand zu stecken, sondern weiterzukämpfen. So ein Kampf findet seit vielen Jahren in meinem Körper statt, indem sich die Muskeln mehr und mehr abbauen, ohne dass ich etwas dagegen tun kann. Na ja, ich gehe natürlich zur Krankengymnastik, auch treibe ich meinen täglichen Sport und fühle mich körperlich fitter als manch ein Gesunder, aber ich spüre die wachsende Schwäche meines Körpers, das schrittweise Wegfallen von Fähigkeiten wie zum Beispiel Springen, Laufen, sogar das Gehen ist bereits gefährdet. Nun könnte ich sagen: „Okay, das war's jetzt! Ich setze mich in die Ecke und warte Däumchen drehenderweise mein Schicksal ab!" Aber nein, das will und kann ich nicht! Ich werde mich auf meine Art gegen diese heimtückische Krankheit wehren. Es gilt, Türen zu öffnen, die einem bislang verborgen blieben. Ein wesentliches Moment neu zu erlernenden Verhaltens bezieht sich auf den Bereich der Achtsamkeit. Als ich mich damals mit der buddhistischen Religion auseinandersetzte, musste ich mit Bedauern feststellen, dass dieser Begriff mit seinen inhaltlichen Folgerungen zwar verständlich war, die Durchführung für mein eigenes Verhalten sich aber kilometerweit von der Idealform entfernt befand. Würde ich mit meinem damaligen Maßstab meine heutige Form der Achtsamkeit bewerten, käme Ähnliches wie damals heraus. Inzwischen habe ich jedoch gelernt, geduldiger mit mir zu sein. Wenn es jetzt zum Beispiel an der Tür klingelt, fühle ich mich nicht mehr gezwungen, möglichst schnell zum Türöffner zu gelangen, sondern ich sage mir, wer nicht die fünfzehn Sekunden zur Verfügung stellt, bis der Summer betätigt wird, hat mir auch nichts Wichtiges mitzuteilen.

Viele Dinge haben sich aus meiner Perspektive verändert. Bin ich früher automatisch meine Wege längs gegangen, ohne auf Unebenheiten des Untergrunds zu achten, hefte ich nun den Blick nach unten, um ja keinen Pflasterstein, der zwei, drei Millimeter aus dem Boden hervorragt, zu übersehen. Es bedurfte einiger Stürze, um zu akzeptieren, dass mein Bewegungsapparat das Umschalten einer Fußgängerampel auf Grün nicht mehr automatisch in eine schnellere Gangart umsetzt. Ab einem bestimmten Zeitpunkt begann ich mir zu sagen: „Egal, was jetzt mit der Ampel passiert, ich bleibe in der Geschwindigkeit, in der ich mich momentan bewege. Es wird danach wieder grün werden!" Das hört sich hier so easy an, hat aber in der Realität bislang fünf, sechs Jahre gedauert, bis diese Art der Gelassenheit sich zu entwickeln begann. Noch befinde ich mich nicht im Nirwana, auch bin ich Lichtjahre von der Erleuchtung entfernt. Denn jedes Auto, Motorrad oder Fahrrad, das unachtsam geparkt ist, stellt für mich nach wie vor ein gewisses Ärgernis dar. Es hindert mich daran, schneller zur Bushaltestelle zu kommen, wohlweislich wissend, dass der Bus vermutlich in einer Minute ohne mich abfahren wird. Besonders erfreut mich das dann, wenn der nächste Bus erst in 30 Minuten kommt.

Der körperliche Abbau, der für mich im Rückblick in halbjährlichen und jährlichen Abständen erfahrbar ist, hat mich zu einem geschärften Körperbewusstsein angeleitet, das nicht allein den Bereich der Empfindungen betrifft, sondern mich bis tief in meine uralten Gefühlslagen hineinführt. Erstaunlicherweise brachte ich auf diese Art einzelne Lösungsprozesse zustande, die über eine fast vier Jahre dauernde Psychotherapie nicht einmal angekratzt wurden. Ich kann für mich behaupten, dass das Schreiben durchaus heilende Prozesse in Gang gebracht hat, indem ich mit ungeahnter Intuition an genau die richtigen Stellen geraten bin, die ich dann einerseits beleuchtet, anderseits auf mich habe wirken lassen. Nie wäre ich darauf sonst gekommen, wenn ich meinem Impuls nicht gefolgt wäre. In meinem vorherigen Job konnte ich mir nie die Zeit gönnen, mich in Ruhe an den Schreibtisch oder den Computer zu setzen und meine Gedanken aufs Papier oder den Bildschirm fließen zu lassen. Dieser Beruf hielt mich in Rastlosigkeit gefangen. Als sich dann die Krankheit zu manifestieren begann, merkte ich bald, dass ich diese Tätigkeit nicht mehr lange ausführen konnte. Es dauerte noch zwei Jahre, bis ich an mir die Symptome eines Burnouts feststellte. Und an diesem Punkt schaffte ich es gerade noch rechtzeitig, die Reißleine zu ziehen. Inzwischen genieße ich jedes Wochenende und widme mich auch in der Woche dem Schreiben, das mir als eine Quelle der Kraft, der Erkenntnis und der Veränderung eigenen Denkens in Erscheinung tritt.

Probleme sehe ich jetzt als eher lösbar als zuvor. Hätte mir jemand vor fünf Jahren gesagt, ich könne mein Sehnsuchtsproblem mit meiner Jugendliebe über das Schreiben lösen, hätte ich ihn für verrückt erklärt. Wider Erwarten erreichte ich innerhalb eines vierwöchentlichen Schreib- und Leseprozesses mit einer aufmerksamen Zuhörerin sowie einem nachfolgenden Brief, in dem ich um Verzeihung für eine schlimme Tat bat, die innere Absolution. Fünfunddreißig Jahre lang dachte ich beinahe täglich sehnsuchtsvoll an meine Jugendliebe zurück. Ich glaubte schon an keine Möglichkeit der Linderung mehr, hatte mich aber glücklicherweise nicht in mein Schicksal ergeben. Diese kurze, aber intensive und sinnvolle Beschäftigung mit meinem heftigsten Problem machte mich endlich wieder in Bezug auf meine Sehnsucht zu einem emotional befreiten Menschen. Ich bin weit entfernt davon, meine Krankheit zu verfluchen, auch wenn ich nicht gerade glücklich über sie bin. Aber in den sechs Jahren hat die Muskelerkrankung mich gelehrt, geduldiger mit mir umzugehen und sie als eine der vielen Möglichkeiten zu akzeptieren, intensiver mit sich in Kontakt zu kommen. Dabei habe ich manch ein uraltes faules Gefühlsei aus dem Keller hervorgeholt und es so verwandelt, dass ein erträgliches Empfinden am Ende bestehen blieb.

Immerhin waren Themen wie Versöhnung und Verzeihung stets aktuell bei mir, jedoch fehlte mir zuvor der richtige Ansatz, damit umzugehen. Vielleicht bedurfte es also dieser Erkrankung, damit Dinge der Klärung zugeführt werden konnten, die sonst eventuell nie eingetreten wäre. Ich bin von Zuversicht erfüllt und wende mich Bereichen zu, die in meiner Seele vernarbte Flächen hinterlassen haben. Inzwischen bin ich völlig frei von der Angst im Strom meiner ungelösten Probleme ertrinken zu können. Mein Credo heißt heute: Es geht voran, auch wenn es mir körperlich beschissen geht! Mag der Rollstuhl auf mich warten, ich werde ihn zu gegebener Zeit schon als weitere Chance ergreifen.

III

Hmh, lecker! Alles grün, knackig grün, mein Schlaraffenland! Auf einmal keine Farbe mehr, alles dunkel und unheimlich eng. Ich stemme mich gegen das, was mich einengt. Komisch, es gibt nach! Ich gewinne den Eindruck, mit meinem Kopf den Panzer aufsprengen zu können. Also presse ich meinen gesamten Körper nach oben. Es dauert nicht lange, dann kommt durch einen Spalt Licht in meine Höhle. Angestrengt drücke ich mit all meiner Kraft weiter gegen die über mir befindliche Decke, bis endlich oben eine Öffnung meine Mühen belohnt. Ich strample mächtig und nach kurzer Zeit habe ich mein Gefängnis verlassen, um erst einmal Halt auf einem großen Blatt zu finden. Ich fühle mich jetzt sicher und strecke allmählich meine Glieder. Was ist denn das? Ich habe ja scheinbar auch auf meinem Rücken Beine, denn deutlich merke ich die Bewegung kräftiger Rückenmuskeln und meine Rückenglieder werden immer breiter. Ich betätige meine Rückenmuskeln und freue mich ihrer Kraft und Stärke. Auf einmal schwebe ich über dem Blatt und tauche ein in den bunten Morgen.

Schließlich bleibt am Ende die Frage im Raum stehen: „Wer ist glücklicher: der durch sein biologisches Programm verwandelte Schmetterling oder der nie zu einer vollkommenen Stufe des Seins gelangende Mensch?" Oder ist die Frage einfach falsch gestellt?

Gedichte

Irgendwo überall

Verlassen und still
wo einst lautes Leben
steht die Ruine
an einem einsamen Ort.

Das offene Tor
zeigt den Weg in eine andere Zeit.
Die Mauersteine
halten einander fest.
Der verwilderte Garten
offenbart die Vergänglichkeit.
Die Zeit
macht neu zu alt
lässt vergehen und verschwinden.

Der Ort
konserviert die Vergangenheit
und enthüllt
trotz allem die Endlichkeit.

Stadtansicht

Gehe die Straßen entlang
und stürze mich seit langem
wieder ins Gewühl der Stadt.

Erkunde stundenlang
den Puls der Zeit
der das Gefüge darstellt
alles zusammenhält
für die Ewigkeit.

Sehe Neues neben Altem stehen
ergibt ein Ganzes oder Potpourri
Kunstwerke nur durch Zufall entdeckt
ihre Schönheit
verdeckt
bedeckt
übertönt
vom Leben der Stadt
beeindrucken den ernsthaften Betrachter
bewege mich dann kaum vom Fleck.

Mehr dagegen ist zu sehen
man kann nicht dran vorbeigehen
Graffitis
gesprayt und getaggt
ohne Scham
ohne Tabu
fast an jedem Eck
der Straßen
nur der Zweck
oftmals unklar
aber verewigt
ist der Sprayer
durch seine Symbole und Zeichen
für lange Zeiten.

Traum

Greif nach Schemen
ähnlich deinem Antlitz
fange sie ein
halte sie fest
verformen sich
wollen mir entgleiten.

Kann sie nicht halten
fallen aus meinen Händen
in den Abgrund
in die Tiefe
entfernen sich
immer schneller
kleiner werdend
immer mehr verblassend.

Verbleibend in Erinnerungen
unsere einstmals große Liebe
wie ein unerfüllter Traum.

Liebesstille – Stille Liebe

Behutsame
Küsse

Zarte
Berührungen

Innige
Tiefe

Liebe
in der Stille
stille Liebe
Liebesstille.

Kurzgeschichten

Die tauben Tauben

Bekanntlich haben auch Tiere irgendein Gebrechen. Und bei vielen ist das ziemlich offensichtlich. Wenn ein Hund auf drei Beinen daherkommt, bemerkt dies jeder. Auch wenn eine Katze keinen Schwanz mehr hat, ist das recht auffällig. Schweine ohne Ohren, Hühner ohne Federn oder Einhörner ohne Horn – alles leicht zu erkennen.

Manchmal kann es einem auch leicht auffallen, wenn ein Tier blind ist. Sehen wir zum Beispiel in einer Wohnung mit Hund, dass alles, was auf Hundskopfhöhe herumsteht, mit Schaumstoff abgepolstert ist oder ganz entfernt wurde, können wir verstehen, dass der Hund blind ist.

Aber wie, bitte schön, soll man bemerken, dass eine Taube taub ist?

So eine taube Taube hat doch von frühester Kindheit an gelernt, ihr Handicap zu vertuschen. Gibt es einen lauten Knall, fliegt sie auf wie alle anderen. Gut, vielleicht als Letzte. Aber irgendeine muss ja immer die Letzte sein. Und der sprechen wir dann noch besonderen Wagemut zu, weil sie sich nicht so leicht erschrecken lässt.

Taube Tauben sind wirklich schwer zu identifizieren. Möglicherweise gibt es sogar viele taube Tauben. Woher sollen wir das wissen? Macht eine taube Taube auch „gurr, gurr" wie alle anderen? Schaut sie sich verstört um, wenn auf dem Marktplatz eine Touristin die Tauben mit Brotkrumen lockt? Fliegt sie bei einem herannahenden Fahrzeug nur auf, weil sie es sieht? Reichen ihr die letzten Sekundenbruchteile, um sich vor einer heranschleichenden Katze zu retten?

Wir wissen es nicht!

Vielleicht sind 50 oder mehr Prozent aller Tauben taub? Oder nahezu 100 Prozent? Es reicht ja, wenn nur eine hört, auffliegt und alle anderen machen es ihr nach. Empirisch ist das schwer herauszufinden.

Obwohl, es gibt einige Indizien, dass schon große Teile aller Tauben taub sind.

Bekanntlich sind ja Tauben Boten des Friedens und insofern für den Erhalt des Weltfriedens enorm wichtig. In ihrer Funktion als Friedenstauben tragen sie, oder besser sollten sie, die Botschaft zum Friedenserhalt in alle Welt tragen.

Bei vielen Gelegenheiten, sei es eine Hochzeit oder ein Friedensgottesdienst auf dem Petersplatz in Rom, werden Massen von Tauben losgeschickt, den Frieden zu verkünden.

Und jetzt frage ich Sie: Kommt das an?

Ja, wir sehen massenhaft Tauben. Aber wird nicht dramatisch deutlich, dass sie keine Botschaft vernommen und so auch keine zu verkünden haben?

Krieg in Europa, Hassbotschaften im Netz, niedergemetzelte Minderheiten und Ehekriege in Millionen von Haushalten?

Da bleibt doch nur eine Schlussfolgerung: Der allergrößte Teil der Tauben ist taub. Und zwar sowohl auf dem linken als auch auf dem rechten Ohr!

Landau, 01.12.2019

Raben streuen irritierendes Gerücht

Jüngst ging das Gerücht durch die Vogelwelt, dass die allseits beliebten Landelinien eine andere Funktion hätten, als nur Zwischenlandeplätze für müde Vögel zu sein. Besonders zwischen Tauben und Staren ist eine kontroverse Diskussion über den Zweck der allgegenwärtigen Landelinien entstanden.

Die Verständigung zwischen Tauben und Staren ist schon allein aus sprachlichen Gründen kompliziert, jetzt kommen noch rechthaberische Einwürfe aus der Super-Star-Ecke hinzu.

Dabei ist es sogar schon innerhalb der Taubenfraktion zur Lagerbildung gekommen. Eine Minderheit unter ihnen teilt die Meinung der Raben, die diese alternative Wahrheit in die Welt gesetzt haben. Die Stare, die sich sowieso schon immer leicht von Raben beeinflussen lassen, teilen fast alle deren Einschätzung.

Es wird vermutet, dass als Erste die Elstern, besserwisserisch wie immer, das Gerücht gestreut hätten. Sie behaupten einfach, die Landelinien seien eigentlich nicht für Vögel entstanden, sondern erfüllten einen bisher noch unbekannten Zweck für Menschen. Dabei können Menschen offensichtlich nicht fliegen und es wurde auch noch nie ein Mensch auf einer Landelinie gesichtet. Trotzdem hält sich das Gerücht hartnäckig.

Einige Störche behaupten, es sei im Zusammenhang mit Landungen auf Landelinien schon zu tödlichen Zwischenfällen gekommen. Aber auch diese spektakulären Ereignisse seien kaum je beobachtet worden. Das ist wahrscheinlich so ein großsprecherisches Geklapper der langschnäbligen Froschfresser.

Ein Teil der Stare geht sogar so weit zu behaupten, die Landelinien seien nur für sie selbst vorgesehene Sammlungsplätze, um besser durchzählen zu können, ob alle beisammen sind. Und sie hätten auch noch die Funktion, mehr Abstand zu Bäumen zu haben, wo man nie genau wisse, welche Gefahren sich darin verbergen.

Die gewitzten Raben argumentieren, dass man schlicht zu wenig über die Entstehung der Landelinien wisse, und sie behaupten, die Menschen hätten auch bei der Entstehung der Landelinien ihre Hand im Spiel gehabt. Zumindest sei es so, dass plötzlich Landelinien gesichtet wurden, wo zuvor keine vorhanden waren.

Die Hühner finden das ganze Gezwitscher und Geschnatter über Landelinien sowieso albern. Am Boden gäbe es genug Nahrung und selbst bei heftigem Geflatter kämen sie nicht auf die Landelinien hoch. Also seien die Linien auch für die Vogelwelt bedeutungslos.

Die Raben streuen nun wieder den Verdacht, dass die Hühner durch die Nähe zu den Menschen mehr wüssten, als sie preisgeben wollten.

Und darin sind sich jetzt alle Landelinienbenutzer einig: „Verdammte Scheinvögel, der Fuchs soll sie holen."

Bergerac, 21. Juni 2023

Vom Gottesgnadentum zum Geldadel

Die Templer in einem Knotenpunkt der Geschichte

Rückblick

Vor etwa 900 Jahren, der früheste angenommene Termin liegt im Jahre 1118, wurde ein Mönchs-Ritterorden gegründet, dessen ereignisreiche Geschichte sogar in heutiger Zeit die Gedanken und Gefühle, die Fantasie der Mitmenschen beschäftigt. Mehr beschäftigt, als alle anderen Ritter- und Mönchsorden, die auch heute noch bestehen und feste Bestandteile der Gesellschaft sind.

Die Rede ist vom Orden der „Armen Ritterschaft Christi und des Salomonischen Tempels zu Jerusalem", allgemein besser bekannt unter der Bezeichnung „Templerorden". Nicht einmal 200 Jahre waren dieser Menschengemeinschaft zugestanden, um ihre ganz besondere Mission in die Welt zu tragen. Das ist eine wahrlich kurze Zeitspanne, wenn man die Bedeutung und das entwicklungsgeschichtliche Gewicht dieser kirchlichen Organisation in der damaligen Zeit betrachtet.

Das plötzliche Ende des Templerordens wurde herbeigeführt in einer sorgfältig vorbereiteten und durchgeführten Verhaftungsaktion und sich anschließenden jahrelangen Gerichtsprozessen, die mit den Hinrichtungen der Angeklagten endeten und der Einziehung des Templervermögens.

Eine gewisse Anzahl von Tempelrittern hat sich der brutalen Verfolgungs- und Verhaftungsaktion immerhin durch rechtzeitige Flucht entziehen können und ein Teil des Vermögens soll ebenfalls gerettet worden sein. Der Versuch der konsequenten Auslöschung des von Hugo von Payns und anderen Rittern gegründeten Ordens war somit letztlich nicht so erfolgreich, wie die Gegner sich erhofft hatten. Der geistige Impuls lebte weiter und mündete später in Neugründungen.

Das immer noch verhältnismäßig starke Interesse an den Templern und ihrem Schicksal sowie der recht hohe Bekanntheitsgrad lassen sich vielleicht dadurch erklären, dass der unverhoffte Untergang des Ordens drei tief in der menschlichen Seele verwurzelte Grundgefühle verletzt. Angetastet wird das Bedürfnis nach Gerechtigkeit, die Sehnsucht nach Freiheit und die allgemeine Menschenliebe. Diese Grundbedürfnisse spiegeln sich auch in den drei Schlagworten der Französischen Revolution wieder: Freiheit, Gleichheit, Brüderlichkeit.

Der Versuch, diese drei Grundbedürfnisse der Menschen – Gerechtigkeit, Freiheit und Menschenliebe – bei Vorbereitung und Durchführung der Templerprozesse zu korrumpieren und ins Gegenteil zu verkehren, personifiziert sich in drei hochrangigen Vertretern der damaligen mittelalterlichen Gesellschaft.

Die Gerechtigkeit wird angegriffen durch das damalige Oberhaupt der Kirche, Papst Clemens V., dem der Orden direkt unterstellt war, der anlässlich der Anklageerhebung gegen den Orden ohne Not seine schützende Hand zurückzog und die Tempelherren dadurch den intriganten Machenschaften des Großinquisitors von Frankreich, Guillaume de Paris, auslieferte.

Guillaume, Chef der Heiligen Inquisition, der die Freiheit der Menschen zu unterminieren versuchte, indem er die Bevölkerung bis in die kleinsten und intimsten Lebensbereiche hinein bespitzeln und aushorchen ließ, jede geringfügige Freiheitsregung im Keim zu ersticken versuchte, und durch die kirchliche Gerichtsbarkeit fast nach Belieben individuelle Lebensentwürfe beschädigte oder vereitelte.

An der Spitze dieses bösartigen Dreigespanns steht allerdings der König von Frankreich, Philipp IV., der Schöne, in dessen Person sich die menschliche Hybris in Reinkultur manifestiert –

Habsucht, Herrschsucht und Geltungssucht – welche das vollkommene Gegenteil der M e n s c h e n l i e b e in die Welt setzt. Das überaus plötzliche Verschwinden des Ordens der Tempelritter ist nicht auf eine zu geringe Tüchtigkeit der Mitglieder des Ordens zurückzuführen oder etwa darauf, dass dessen Tätigkeit in der Gesellschaft vielleicht nicht angenommen wurde. Nein, das genaue Gegenteil war der Fall. Der Orden hatte, trotz der harten Ordensregeln, einen enormen Zulauf. Die Oberen konnten sich vor Bewerbungen und Spendenangeboten gewissermaßen kaum retten.

Die Erklärung, wie es kam, dass es den Gegnern des Ordens so verhältnismäßig leicht gemacht wurde, die Ordensritter auf einen Schlag zu verhaften und sich danach mit ihren haltlosen Anklagepunkten durchzusetzen, ist an anderer und tiefer liegender Stelle zu suchen. Der Templerorden trat in einer Zeit heftiger Spannungen der geschichtlichen Entwicklung auf, in der besondere Menschen zu wirken hatten, um wichtige neue Anstöße auf den Weg zu bringen.

Was ist geschehen?

Der geschichtliche Ablauf ist anhand verschiedenster Quellen ausführlich dokumentier- und beschreibbar. Es existiert eine Fülle an Literatur, Sagen, Gerüchten, Legenden und Geschichten. Und doch und vielleicht gerade deswegen bleibt ein Fragegefühl, eine Nachdenklichkeit. Denn das bloße Studium der äußerlichen Vorgänge erklärt nicht hinreichend die Intensität des knapp 200-jährigen Wirkens des Tempelordens und nicht die Wucht seiner Niederschlagung.

Wie sonst ist zu erklären, dass eine so verhältnismäßig kurze geschichtliche Periode von weniger als 200 Jahren über einen so langen Zeitraum in den Seelen der Menschen wühlt und brodelt? Der Templerimpuls tritt auf direkt im Anschluss an den endgültigen Zusammenbruch des römischen Weltreiches und vor dem Beginn der Neuzeit. Der Orden wurde ca. 1118 gegründet, 1307 erfolgte die Verhaftungswelle, 1314 wurde

Jacques de Molay, der letzte Großmeister des Templerordens, verbrannt. Zum Beispiel soll am Tage der Enthauptung des letzten Königs von Frankreich, Ludwig XVI., ein Aufschrei aus der zuschauenden Menge hervorgebrochen sein: „Jacques de Molay, jetzt bist du gerächt!" Das Emblem der Organisation „Das Rote Kreuz" soll außerdem nicht an die Schweizer Nationalflagge angelehnt sein, sondern an das rote Kreuzzeichen der Tempelritter auf dem weißen Mantel erinnern. Wie das Schicksal des Templerordens das Interesse der Bevölkerung trotz des langen zeitlichen Abstandes immer wieder weckt und beschäftigt, zeigt sich an den zahlreichen Spielfilmen, den Romanen, Büchern und Abhandlungen, die die Erinnerung an das Geheimnis der Templer wachhalten.

Freilich köcheln nach wie vor die tollsten Gerüchte über geheimnisvolle Aufnahmeriten, über den Gral und die Bundeslade. Über alchemistische Fähigkeiten, mit deren Hilfe Silber in Gold verwandelt worden sein soll, da man sich anders den immensen Reichtum des Ordens nicht recht erklären konnte. Über geheime Seereisen bis zum amerikanischen Kontinent lange vor Kolumbus. Aber auch die alten Phönizier sollen es ja schon bis in die Neue Welt geschafft haben. Nein, es muss noch andere, tiefere Gründe für das verbreitete Interesse am besonderen Schicksal der Tempelherren geben, und die sind auffindbar.

Ein hilfreicher Ansatzpunkt ist zweifellos der furchtbare Prozess gegen den Orden mit allen grausamen Begleiterscheinungen und die Ungezwungenheit, mit der die Ankläger vorgehen konnten. Es hat ihnen allerdings persönlich nicht viel genützt. Binnen Jahresfrist nach der endgültigen Zerschlagung des Ordens waren die wichtigsten Antreiber des Prozesses bereits tot. Diese Einsicht reicht aber noch nicht, es muss weiter und tiefer gegraben werden.

Wer bereit ist, sich eingehender mit der Vorbereitung und der Durchführung all der Intrigen und Unterstellungen, die dem

Prozess zugrunde gelegt wurden, zu beschäftigen, dem kann der Atem stocken und das Blut in den Adern gefrieren angesichts der Effizienz und der wütenden Angriffslust eines boshaften Vernichtungswillens, der diejenigen Menschen getrieben hat, die vordergründig und hintergründig für das damalige Geschehen Verantwortung trugen. Die Betonung soll auf dem Wort „hintergründig" liegen, denn lediglich aus Geldgier und geistlicher Eifersüchtelei ist die Intensität des Angriffs nicht hinreichend zu erklären.

Es kann kein Zufall sein, dass der Orden in einer Zeit und unter gesellschaftlichen Verhältnissen gegründet wurde, die nach einem neuen, und nicht nur neuen, sondern umwälzenden geistigen Einschlag geradezu schrien. Der Vorlauf der Ordensgründung ist zeitlich durchaus weit anzusetzen. Etwas mehr als 1000 Jahre sind seit den Ereignissen der Zeitenwende vergangen. Die bis dahin alle gesellschaftlichen Entwicklungen beherrschenden Hierarchien beginnen seitdem zu bröckeln. Diese Zerfallserscheinungen streben nach der ersten Jahrtausendwende einem vorläufigen Höhepunkt entgegen.

Der Islam tobt seit Jahrhunderten gegen die Bollwerke des christlichen Abendlandes an. Das Christentum ist innerlich zerstritten, das Papsttum zwar wortgewaltig, aber schwach. Die weltlichen Regierungen beginnen an Orientierungslosigkeit zu kranken. Die Eliten bekriegen sich, gemeinsame und verbindende Zielsetzungen kommen den Menschen abhanden. Die Kreuzzüge erweisen sich trotz aller Begeisterung und inneren Hingabe der Teilnehmer letztlich als Ausdruck einer wachsenden seelischen/geistigen Verarmung und Verwahrlosung der führenden geistlichen und weltlichen Schichten des Abendlandes, rennen schließlich ins Leere und zeitigen keinen Erfolg. Das Heilige Land muss wieder geräumt werden, die ganze Unternehmung kostet einen ungeheuren Blutzoll. Zwar kämpften die Tempelritter ebenfalls im Heiligen Land, sie knüpften in dieser Zeit aber auch Beziehung zu ihren muslimischen Gegnern, die sich bis hin zu Freundschaften entwickelten.

In diese schwierige Zeit hinein wird der Orden gegründet und nimmt in der Entfaltung seiner verschiedenen Aufgaben in kurzer Zeit einen rasanten Aufschwung. Der Geist des Ordens scheint einen Nerv der Zeit zu treffen. Die Ordensregeln predigen Selbstlosigkeit, die Mitgliedschaft im Orden ist auch Nichtadligen geöffnet, das dreifache Gelübde der Armut, der Keuschheit und des Gehorsams vermittelt Orientierung.

Durch den flächendeckenden Aufbau der Komtureien, insbesondere in Frankreich und in England, werden die Handelswege sicherer. Der dadurch aufblühende Handel und die Einführung einer Art Flurbereinigung verbessern die Nahrungsmittelversorgung deutlich. Die Einführung eines bargeldlosen Zahlungsverkehrs und nicht zuletzt die Finanzierung und Organisation der Errichtung einer Fülle von Sakralbauten mit den dazugehörigen Bildungseinrichtungen stellen den Orden und seine Mitglieder in eine geistige Strömung, deren Aufgabe es ist, die spirituellen Potenzen der griechischen/lateinischen in die mitteleuropäische Entwicklungszeit, in die Herausforderungen der Neuzeit, zu überführen.

Hierbei ist wichtig zu beachten, dass Sorge getragen werden musste, die zerstörerischen Erschütterungen und Turbulenzen des gerade erst zusammengestürzten römischen Imperiums von diesem schwierigen Übergang in eine neue Entwicklungsperiode fernzuhalten. Es war lebenswichtig, dass diese Aufgaben gesehen und von Menschen übernommen wurden, die tiefere Einblicke in die Gesetze der Menschheitsentwicklung pflegten und übten, als es damals von den weltlichen und geistlichen Führern Europas geleistet werden konnte.

Anblick

Nach nicht einmal 200 Jahren Einwirkungsmöglichkeit verschwindet der Orden vom Erdboden. War seine Zeit möglicherweise abgelaufen? Es hatten sich Nachlässigkeiten eingeschlichen, die Rituale wurden vermutlich nicht mehr mit der Konsequenz der Gründungszeit gepflegt. Die Morgenröte einer neuen Zeit begann in einzelnen Blitzen sich anzukündigen, eine neue sich steigernde Ausprägung des Individualismus mit neuen Bedürfnissen machte erste tastende Schritte. Die alte Form der Ordensgeistlichkeit und -ritterschaft ging zwingend einer grundlegenden Wandlung entgegen. Die führenden Geister ziehen sich in solchen Perioden des Umbruchs vorläufig zurück und suchen neue Formen.

So richtet sich der fragende Blick auf die heutige Zeit: Kann und soll vielleicht aus dem Gründungs- und Wirkensimpuls des Ordens der Armen Ritterschaft Christi ein Hinweis herausgelesen werden, der für die heutigen Zeiten, die wahrlich auch schwierige sind, hilfreich sein kann und aus Sackgassen und Abgründen herausführt, in die hinein sich immer mehr Menschen verirren? Könnte es demnach sein, dass der Impuls der Tempelherren ein ganz moderner ist?

Die geistige Grundlage der Armen Ritterschaft Christi ist zweifellos eine christliche und damit ebenso zweifellos modern. Die Frohe Botschaft altert nicht und unterliegt keinen Modetendenzen und keinen zeitlichen Auf- und Abbrüchen. Die Frohe Botschaft ist Mensch geworden und der Mensch kann Frohe Botschaft werden. Was diese Einsicht für das Opfer der Tempelbrüder und seine Wirksamkeit bis in die heutige Zeit bedeuten kann, soll im Folgenden konkreter beleuchtet werden.

Vieles, was die Templer in ihrer Zeit erst durchsetzen mussten, ist heute so selbstverständlich, dass kein „normaler" Mensch auch nur einen Gedanken daran verschwendet. Die Straßen und Wege sind sicher, Handel und Wandel blühen in atemberaubender Weise, die Versorgung mit Gütern aller erdenklichen Art nimmt fast groteske Züge an, Lebensmittel werden tendenziell eher billiger als teurer, geistige und geistliche Unterweisungen werden auf den öffentlichen Marktplätzen angeboten wie Sauerbier und so weiter.

Wie lässt sich dann die merkwürdige Unzufriedenheit erklären, die viele Menschen umtreibt? Was sollen die Drogen? Warum verhungern eigentlich immer noch so viele? Das sollte doch aber mit etwas mehr technischem und organisatorischem Einsatz in den Griff zu kriegen sein! Was soll also ein Templerimpuls in der heutigen Zeit noch nutzen, die so viele Fortschritte in jeder Beziehung hervorgebracht hat?

Nun, so kurzgegriffen kann die Frage nicht gestellt werden. Angesichts der globalen Irrwege, deren Existenz nicht geleugnet werden kann, liegt die ahnungsvolle Einsicht nicht so ganz fern, dass die Tempelherren auch in heutigen Zeiten ganz ordentlich zu tun haben würden. Nur eben anders und mit anderen Schwerpunkten als vor über 700 Jahren.

So sicher, wie es zu sein scheint, sind die Handelswege in der heutigen Zeit nämlich durchaus nicht. Die Wegelagerer sitzen nur besser getarnt als damals hinter den Büschen und der Zugriff auf die Reiseschatulle oder das Ersparte vollzieht sich diskreter, als es zur Zeit des Mittelalters gewesen ist.

Es darf nicht übersehen werden, dass die Tempelherren keinen persönlichen Gewinn aus ihren immensen Geldgeschäften gezogen haben. Der Templerorden war dadurch vermutlich die reichste Organisation der damaligen Zeit und in Geldgeschäften ausgesprochen kreativ tätig. Zum Beispiel wurde ein Pfandbriefsystem eingeführt, was den Kaufleuten die Möglichkeit eröffnete, ihren Geldvorrat, den sie auf Handelsreisen mitführen mussten, in Komturei „A" zu deponieren und mittels des ausgestellten Pfandbriefes, mit dem der Straßenräuber ja nichts anfangen konnten, in Komturei „B", am Ziel der Reise, wiederum in Bargeld umzuwechseln.

Aber nicht nur der sorgsame Umgang der für das Finanzwesen zuständigen Tempelbrüder mit dem Geld und die Entwicklung eines innovativen Zahlungswesens machte den Orden reich, sondern auch eine Fülle von Schenkungen. Sicherlich auch die Kriegsbeute aus den Kreuzzügen, dann womöglich tatsächlich die Fahrten nach Amerika, wo, wie vermutet wird, Silber abgebaut wurde.

Wie dem auch sei, die Templer verfügten über grandiose Geldmittel und richten ihre Bemühungen darauf, in dieser herausgehobenen Situation, das sich weiterentwickelnde Geldwesen aus dem eher unmündigen Zustand, in dem die Menschen sich während der strikt hierarchisch gegliederten vorchristlichen Zeit befunden hatten, im Zuge der sich stärkenden Individualkraft des neuen Gesellschaftsstandes, der Bürger, in einen wacheren, persönlicheren, verantwortlicheren Zustand überzuführen. Die Templer müssen die Gefahr gesehen haben, dass die wachbewusster und damit egoistischer werdenden Menschen der kommenden mitteleuropäischen Entwicklungszeit bei jeder sich bietenden Gelegenheit sich der im Einzelfall angesammelten Geldwerte bemächtigen und sie eigennützig und sogar als Machtmittel missbrauchen würden. Was in der Folgezeit geschehen ist und in heutiger Zeit mit zunehmender Wucht geschieht (siehe mein Artikel „Die flexible Supermacht").

Wie oben schon angedeutet, gehen die modernen Raubritter mit derselben Zielsetzung vor, wie die Wegelagerer des Mittelalters. Für sie steht die persönliche Bereicherung im Vordergrund. Sie bedienen sich nur raffinierterer und undurchsichtigerer Methoden. Hier stellt sich die Frage, ob diesen Herren, und inzwischen auch Damen, das Feld einfach kampflos überlassen werden muss, oder ob Mittel und Wege sich anbieten, gegen diese moderne Art der Vermögensumverteilung anzugehen, oder wenigstens ein Gegengewicht zu entwickeln.

Ein erster Schritt wäre die Auseinandersetzung mit den technischen und organisatorischen Möglichkeiten und Tricks der Finanzbosse. Da ein näheres Eingehen auf die vielfältigen Werkzeuge der Finanzhaie den Rahmen dieser Betrachtung überdehnen würde, sei stellvertretend auf einen einzelnen Gesichtspunkt eingegangen, um die Sprengkraft und die Hintergründigkeit des angeschnittenen Problems auszuleuchten.

Eine der schärfsten Waffen der Hochfinanz, das Zins- und Zinseszinswesen, ist beileibe kein beliebtes Gesprächsthema, zu allem Überfluss recht trocken und außerdem auch noch delikat. Wer würde denn bei klarem Verstand, zum Beispiel, seine mühsam ersparten Groschen, oder heute Euro-Cent, einer Bankinstitution, falls es sie denn gäbe, anvertrauen, die keine Zinsen auf das eingebrachte Kapital gutschreibt oder gar Minuszinsen, also Strafgebühren, auf festgelegtes Geld erhebt, wenn es, seiner Natur widersprechend, nicht in Fluss gehalten wird?! Dieser Gedanke ist doch kaum vorstellbar und klingt zunächst sogar absurd.

Warum? Er entspricht überhaupt nicht unseren Gewohnheiten. Er weist aber auf einen der wenigen gangbaren Wege, um aus der Dauerwirtschaftskrise herauszukommen, der wir permanent unterworfen sind, ohne es persönlich als existenzbedrohend zu bemerken. Denn zurzeit gibt es auf der Erde noch genügende dumme oder schwache „Drittweltstaaten", die es dulden, da ihre „Eliten" davon profitieren, oder die sich nicht dagegen wehren können, dass ihre vergänglichen Bodenschätze und Ressourcen mit grandioser Selbstverständlichkeit abgesaugt werden, wodurch die immensen volkswirtschaftlichen Verluste, die ununterbrochen in den Industriestaaten durch die Anwendung des Zinseszinssystems angehäuft werden, gerade noch mit knapper Not ausgeglichen werden.

Man schaue sich nur die Staatshaushalte an. Man beobachte die Kapitalmassen, die ununterbrochen um den Globus kreisen, einzig und allein zu dem Zweck eingesetzt, um aus winzigsten Kursschwankungen an den globalen Waren-, Währungs-, Kapital-, Immobilien- und Aktienmärkten Gewinn zu schlürfen und dadurch einen weltweiten Kapitalüberschuss zu erzwingen, der in seinem Buchwert um ein Mehrfaches höher liegt, als alle global erzeugten und gehandelten Waren- und Dienstleistungswerte zusammengenommen.

Diese Buchwerte sind nicht gedeckt, tauchen in keiner seriösen Bilanz auf, und geraten nur dann in die Schlagzeilen, wenn eines dieser virtuellen Kartenhäuser zusammenbricht und der eine oder andere Staatshaushalt eventuell gleich fröhlich mit einkracht, weil die verantwortliche Zentralbank den Überblick verloren hat oder im Zweifelsfall sogar energisch mitspekuliert. Die leidvollen und schmerzhaften Erfahrungen der jüngsten Finanz- und Wirtschaftskrisen liegen noch nicht lange zurück, geändert hat sich aber seitdem nicht viel. Die Führer des Wirtschaftslebens richten ihre Tätigkeiten immer noch an den Gesetzmäßigkeiten einer Freiheitlichkeit aus, die dem Geistesleben vorbehalten sein sollte.

An dieser Stelle kann die Frage, was das Zinseszinssystem mit den eben beschriebenen globalen Einseitigkeiten des Wirtschaftslebens zu tun hat, ein wenig bewegt werden. Hierbei müssen wir uns vergegenwärtigen, dass dem Zinseszinssystem die ungeprüfte Voraussetzung zugrunde liegt, dass überschüssiges Geld ungestraft anonymisiert und anschließend in einen ebenfalls anonymisierten Wertschöpfungsprozess eingebracht werden kann. Woraus dann in der Regel, das ist der Sinn der Unternehmung, ein ordentlicher Gewinn auf das eigene Konto gutgeschrieben wird. Diese Voraussetzung hat eine krankmachende Wirkung auf den zwischenmenschlichen, sozialen Zusammenhalt in unserer Gesellschaft. Denn es sollte in diesem Zusammenhang sorgfältig bedacht werden, dass die Kräfte, die die gesellschaftliche Entwicklung voranbringen, niemals anonym wirken können und dürfen.

Wichtig und entscheidend sind immer die persönliche Wahrnehmung und die sichtbare persönliche Verantwortung. Das Unpersönliche öffnet zerstörerischen, krankmachenden Einflüssen die Tore, da es sich der Wahrnehmung, dem Erkennen, und somit der persönlichen Einwirkung entzieht. Gesundend wirkt nur das Tun aus dem wahrnehmenden Erkennen und Erkannt-Werden. Diesen sozialen Grundsatz umgeht das Zinseszinssystem bewusst.

Es nützt natürlich überhaupt nichts, im Zuge solcher Überlegungen mit „Fingerzeigen" und einseitigen Schuldzuweisungen anzufangen. Denn erstens sind die sogenannten Schuldigen ohnehin nicht leicht erkenn- und angreifbar. Es handelt sich zweitens im Grunde auch nur um ein recht kleines Trüppchen von Unverbesserlichen und Unbelehrbaren, mit einer allerdings, und das macht sie so gefährlich, sehr großen passiven Anhängerschaft. Und drittens sollte die kleine vielsagende Volksweisheit nicht vergessen werden, dass jeder Mensch, der auf andere mit dem Zeigefinger deutet, mit drei weiteren Fingern – Mittelfinger, Ringfinger und kleinem Finger – auf sich selbst zeigt.

Das hat in diesem Zusammenhang seine durchaus tiefschürfende Bedeutung. Denn wer kann denn von sich behaupten, dass er in das System des globalen Zinseszinssystems nicht aktiv eingebunden ist? Wer hat denn nicht den einen oder anderen Lebensversicherungsvertrag laufen und hofft im Stillen auf die schönen Zusatzausschüttungen, die dadurch möglich werden, dass die Banken und Versicherungen das eingezahlte Geld wie oben besprochen „arbeiten" lassen?

Wer befindet sich denn nicht in der Situation, dass er Steuern zahlen muss? Und kann er im Einzelfall sagen, was mit diesen Steuern passiert? Interessiert er sich überhaupt dafür? Wer besucht nicht regelmäßig den Supermarkt, besorgt sich dort die Artikel des täglichen Lebens und bezahlt sie an der Kasse? Wer vergegenwärtigt sich dabei regelmäßig die Tatsache, dass er mit jedem Artikel, den er kauft, und mit jeder Dienstleistung, die er in Anspruch nimmt und bezahlt, einen Zinsdienst leistet, den er im Normalfall nicht im Geringsten bemerkt?

Alle frei gehandelten Waren und alle Dienstleistungen sind in ein ausgeklügeltes Finanzierungssystem eingebunden, dessen Schmiermittel das Zinseszinsprinzip ist.

Die kleinen bescheidenen Inflationsraten, die alljährlich anstehen und mit denen wir gut leben können, spiegeln die Wertminderung von eingelagerten Waren wider und sind notwendiger Bestandteil unseres Geld- und Wirtschaftssystems.

Ganz anders ist der Inflationsdruck zu beurteilen, der von der Einwirkung des Zinseszinssystems ausgeht. Mit diesem Zinsdienst, dem wir uns außer durch Konsumverweigerung nicht entziehen können, untergraben wir ständig das Fundament unseres Wirtschaftssystems und damit einen wichtigen Teil unserer Lebensgrundlage auf diesem Planeten. Denn wir dürfen nicht aus dem Blick verlieren, dass die Gewinne aus diesem Zinssystem virtueller Natur sind. Sie entstehen nicht aus menschlicher oder maschineller Tätigkeit, stellen also keine Wertschöpfung dar.

Die grundlegende Aufgabe des Geldwesens ist der gerechte Wertausgleich zwischen Waren und Dienstleitungen, Produzenten und Konsumenten. Aus diesem Ausgleich hat sich ein Geldsystem, das nach den Regeln von Zins und Zinseszins arbeitet, verabschiedet. Ein solches System saugt Kräfte aus dem lebendigen Organismus der globalen Menschengesellschaft und liefert dafür keinen Ausgleich.

Interessant in diesem Zusammenhang ist zu wissen, dass es unter gläubigen Juden und Muslimen verboten oder zumindest verpönt ist, von Glaubensgenossen Zinsen zu nehmen. Gegenüber Nichtgläubigen besteht diese Einschränkung hingegen nicht.

Ausblick

Das sind unangenehme Tatsachen, die vorläufig noch weggewischt oder verdrängt werden. So hoffnungslos ist die Lage aber nicht, sie ist nur ernst. Und mit wachen, offenen Sinnen können wir sie durchschauen und mit Geduld, Stehvermögen und Selbstkritik in kleinen und kleinsten Schritten vermutlich sogar ändern.

Die Aufmerksamkeit wendet sich ein weiteres Mal den Tempelbrüdern zu. Der Orden ist zerschlagen, sein Vermögen eingezogen, der Impuls ausradiert worden. Hinterlassen haben die Brüder nichts, außer einigen bedeutenden Sakralbauten, Geschichten und eigenartige Legenden. Das ist der Eindruck von außen. Der Blick nach innen zeigt ein anderes Bild. Übriggeblieben sind nicht nur Geschichten. Übergeben an die nachfolgenden Generationen wurde ein Auszug, eine Essenz, die in den Seelen weiterlebt, weiterwächst und bei Gelegenheiten und in Zeiten der Not helfende Kräfte entfaltet, wenn die Menschen denn bereit sind, sie anzunehmen.

Als die Schergen im Jahre 1307, am 13. Oktober, anrückten, waren zwar die Ritter anwesend, die Komtureien aber zum Teil ohne Geldmittel. Der Schatz der Templer war verschwunden und bleibt es bis heute. Viele Legenden ringeln sich um dieses Geheimnis und viele Menschen glauben immer noch an die persönliche Bereicherung, falls sie den sagenhaften Schatz finden sollten.

So ist es aber nicht gemeint. Vielleicht lohnt es sich daher, eine andere Art von Suche zu beginnen. Man muss nur an der richtigen Stelle suchen. Vielleicht gehört es sogar zum Vermächtnis der so hoffnungsvoll und Hoffnung weckend angetretenen und schließlich so tragisch hingeopferten Tempelbrüder, dass sie von nachfolgenden Generationen erwarten, den Pilgerstab zu ergreifen und sich auf die Suche nach dem Schatz zu begeben. Die Reise führt allerdings nicht durch äußere Landschaften, sondern durch innere.

Eine Legende erzählt von dem Riesen Pherus, was „Träger" bedeutet, der an einem Fluss lebte und die Wanderer auf seinen Schultern durch den Fluss trug. Eines Tages trug er ein Kind durch den Fluss. Auf dem kurzen Weg wurde es schwer und schwerer, und nur mit knapper Not erreichte er das jenseitige Ufer. Fast wäre er ertrunken. Seitdem trägt er den Namen Christo-Pherus, das bedeutet „Christusträger". Denn das Kind war das Christkind, welches die Sündenlast der Welt auf sich genommen hat.

Der Schatz der Templer, der geheimnisvolle verborgene Schatz, ist das Christkind, das ein Jeder, vielleicht nicht auf den Schultern, aber doch in der Seele trägt, im Herzen. Wir bemerken es nur in der Regel nicht oder nur undeutlich. Dieses Kind möchte bemerkt werden, was aber jeder einzelne Mensch wollen muss. Und dazu gehört, dass wir uns auf eine mühevolle Suche begeben. Und wenn wir in unserem Herzen, in unserer Seele, beginnen zu suchen, so treffen wir auf so manches, mit dem wir nicht unbedingt gerechnet haben. Da begegnen wir Gefühlen, guten und schlechten. Wir treffen auf Gewohnheiten, hilfreichen und weniger hilfreichen. Da öffnet sich ein weites Feld, auf dem vieles wuchert und sprießt. Wir bemerken eventuell, dass eine pflegende Hand fehlt. Die Arbeit muss also aufgenommen werden. Als mögliche Belohnung wartet der Schatz, dieser Schatz der Tempelbrüder, der dann unter Umständen anders aussieht, als wir erwartet haben. Aber wir werden ihn dann, wenn es an der Zeit ist, schon gut erkennen.

Betrachten wir die liebgewordenen persönlichen Gewohnheiten, die womöglich schlechte Gewohnheiten geworden sind. Das wird jeder für sich selbst beurteilen. Diese Gewohnheiten sind zahlreich. Sie sind allgegenwärtig. Sie werden allerdings in der Regel nicht gerne auf den eigenen Prüfstand gestellt. Dann schon eher beim Mitmenschen verortet. In den verschiedensten Lebensbereichen sitzen sie fest.

Es gibt Essgewohnheiten: „Das schmeckt nicht ...", Konsumgewohnheiten: „Ich möchte aber diesen Artikel, und nicht den anderen …", Arbeitsgewohnheiten: „Das haben wir hier schon immer so gemacht …", Redegewohnheiten: „Wenn die indigene Säkularisation keine prophylaktische Variante involviert …", Sehgewohnheiten: „Ach, das ist mir ja gar nicht aufgefallen …", Sprechgewohnheiten: „Schmatz, Zisch, Gurgel, Pfeif, Schleif …", Denkgewohnheiten: „Das hast du jetzt aber sehr komisch ausgedrückt …", und so weiter und so fort. Wir sehen, auf diesem Acker wartet viel harte Arbeit. Und wer einmal selbstkritisch angefangen hat, sollte so schnell nicht wieder aufhören.

Eingeschliffene Gewohnheiten hindern den Menschen in der Regel, sich neuen Impulsen interessiert zu öffnen und neue Wege zu suchen und zu gehen, wenn die ausgetretenen Alleen bei genauerer Prüfung nicht mehr zum Ziel führen. Dazu gehört aber immer innere Aufmerksamkeit.

Die verständliche Frage taucht spätestens jetzt auf: Was hat das alles mit den Templern zu tun und unserem Umgang mit dem Geld? Wie oben schon angedeutet, tauchte der Orden der Armen Ritter Christi zielgenau in einer spannungsgeladenen Zeit auf, sozusagen in einem Knotenpunkt des Überganges zwischen zwei sehr verschiedenen Gesellschaftssystemen. Im Niedergang befand sich eine hierarchisch aufgebaute Gesellschaftsform, deren treibende, befeuernde Kraft von der Spitze einer pyramidal geschichteten Gesellschaftsstruktur wirkte, vom Gottesgnadentum. Das Zentrum, die Spitze der Gesellschaft, von der alles ausging, war der Priesterkönig, der Gottkönig. Göttliche Wesen waren damals noch nahe bei den Menschen. Alles, was um den König herum lebte, war niedriger, in gewissem Sinne sogar von geringerem Wert. Der König verfügte über alles bis ins Kleinste. Das lebte im Bewusstsein der damaligen Menschen nicht als Zumutung oder Druck, sondern es war für sie beglückend, steigernd. Selbst in den niedrigsten Hierarchien und Kasten wurde das vom Gottkönig ausgehende Strahlen als wohltuend empfunden. Die Menschen waren und fühlten sich geborgen.

Diese Strukturen begannen sich allerdings schon vor den Ereignissen der Zeitenwende zu verhärten und zu bröckeln. Das Erscheinen des Gottessohnes legte das Fundament für eine neue Gesellschaftsform, die Bürgergesellschaft. Deren wichtigstes Merkmal ist die Auflösung der Hierarchien, sie bezieht ihre Kraft aus dem Verkehr in der gleichen Augenhöhe zwischen allen Menschen: „Was erhöht ist, wird erniedrigt werden, was erniedrigt ist, wird erhöht." In diesem Sinne wirkten die Templer in ihrer Zeit und wirken, wie versucht wird zu zeigen, ebenso unverzichtbar in der heutigen Zeit.

Insbesondere der innovative Umgang mit dem Geld, wie die Templer ihn entwickelten und pflegten, zeigt, was angeregt werden sollte, um einen gedeihlichen und gewissermaßen „unfallfreien" Übergang von der Gesellschaftsform des Gottesgnadentums zur Bürgergesellschaft sicher zu stellen. Die Gefahr, wie schon oben erwähnt, war damals bereits sichtbar, dass der voranschreitende Individualismus und der damit einhergehende wachsende Egoismus den einzelnen selbstbewusster gewordenen Bürger in den Stand setzen und in die Versuchung führen würde, die sich im Einzelfall anhäufenden Geldmittel schwerpunktmäßig zum eigenen Nutzen zu verwenden und damit zu missbrauchen.

Die Geldmittel bringen Einzelne, wenn die Selbstsucht überhandnimmt, in die Gefahr, diese als Machtmittel zu benutzen, wofür sie wahrlich nicht geschaffen sind und was nicht in ihrer Natur liegt. Das Bedrohliche in diesem Zusammenhang ist weniger die Verfehlung des Einzelnen. Der Einzelne, der das persönliche Interesse über das Interesse der Gemeinschaft stellt, kann in der Regel gebremst werden. Bedrohlich ist die Tatsache, dass der fahrlässige Umgang mit dem erstarkenden Geldwesen systemimmanent wird, und damit eine Spaltung der Gesellschaft herbeiführt. Eine neuerliche Schichtung in Hierarchien, in Besitzende und Nichtbesitzende, was sich in eine Nachäffung und rückwärtsgewandte Fortschreibung des Gottesgnadentums auswächst. Beschönigend wird diese Bildung neuer „Eliten" und

Hierarchien, „Geldadel" genannt. Wer sich noch eine ungefähre Vorstellung von dem bewahrt hat, was „von Adel sein" im Wortsinn bedeutet, wird diesen Begriff in dem Zusammenhang mit den neuen „Geldeliten" vermutlich eher nicht gerne benutzen. Inwiefern möchte und kann das Beispiel der Templer hier helfen und eine Neuausrichtung bewirken? Wie schon oben angedeutet liegt der Brennpunkt der weiteren menschheitlichen Entwicklung nicht mehr auf der pyramidalen Spitze des Gottesgnadentums, sondern in der Kernkraft des einzelnen menschlichen Individuums, so klein es sich auch fühlen mag.

Auch hier haben die Templer weit vorausgeschaut und ihre Lebensweise zukunftsweisend auf das dreifache Gelübde der Armut, der Keuschheit und des Gehorsams gelegt. Drei Begriffe, die verständlicherweise in Zeiten eines fröhlich-naiven Hedonismus, eines energischen Selbstverwirklichungsdranges, einer knöchernen Vereinzelungssucht bei vielen Zeitgenossen nicht gerade ein inneres Strahlen hervorrufen. Aber gemach, auch sie werden es noch lernen. Von den anderen, die da schon weiter sind, gibt es inzwischen auch nicht wenige. Und es werden immer mehr. Bürgerinitiativen, Öko-Gruppen, Ehrenamtler, Tauschringe, Arbeitslosenkreise, Aussteiger, Lebenskünstler, Bio-Bauern, in ganz vielen gesellschaftlichen Bereichen Tätige, überall sprießt und sprudelt ein Leben, dessen Anblick für diverse „Geldadlige" vermutlich überhaupt nicht unterhaltsam oder verstehbar ist.

Es handelt sich hierbei nicht etwa um Nein-Sager, sondern um Ja-Sager. Sie sagen „Ja" zum Leben, zur Gerechtigkeit, zu Mitgefühl, zum Teilen, zum Schenken, zum Arbeiten, zur Mitmenschlichkeit. Und hier finden sich die drei Gelübde der Tempelherren wieder: Armut, Keuschheit, Gehorsam. Der einzige Unterschied zu der Zeit vor 700 Jahren besteht darin, dass die Ordensregel damals eher von außen aufgetragen wurde. Der Eintritt in den Orden erfolgte zwar freiwillig, die Regel war aber vorgegeben. Heute lebt die Ordensregel bereits in den einzelnen Seelen. Sie gehen ihren Weg, oft sehr kurvenreich und individuell, aber immer aufrecht, mutig und zielbewusst.

So kann das Gelübde der Armut gesehen werden als eine Bedürfnisausrichtung, für die es unsinnig geworden ist, hinter allen Konsumangeboten kritiklos herzurennen. Im Gegenteil wird sorgfältig geprüft, gewählt, das Überflüssige wird beiseitegelassen.

Das Gelübde der Keuschheit zielt auf Sorgfalt im Seelischen. Es wird nicht jeder aufblitzende Gedanke zugelassen, jedem aufschäumenden Gefühl nachgegeben.

Das Gelübde des Gehorsams stählt die innere Disziplin, einmal gefasste Entschlüsse festzuhalten. Es wird inneres Bedürfnis, Zielhaftigkeit zu entwickeln und den Weg zu gehen.

So wirken die alten und jung gebliebenen Gelübde der Tempelherren in der modernen Zeit auf die drei Glieder des Menschen. Das Gelübde der Armut wirkt gesundend auf den Körper, das Gelübde der Keuschheit wirkt reinigend auf die Seele, das Gelübde des Gehorsams wirkt kräftigend auf den Geist. Diejenigen Menschen, die bewusst oder auch noch eher halbbewusst auf diese Weise zu modernen Tempelbrüdern und Tempelschwestern, zu Geschwistern des Tempels werden, tragen kraftvoll das Anliegen der Gründer des Ordens der Armen Ritter Christi weiter: Den Aufbau einer wahren, ernstgemeinten christlichen Bürgergesellschaft.

Bibliographie:
Alexander Adler: Das Geheimnis der Templer
Martina André: Das Rätsel der Templer
Martina André: Die Rückkehr der Templer
Martina André: Das Geheimnis der Templer
Martina André: Das Erbe der Templer
Martina André: Das Schicksal der Templer
Martina André: Die Prophezeiung der Templer
Alain Demurger: Der letzte Templer

Alain Demurger: Die Templer – Aufstieg und Untergang
Alain Demurger: Die Verfolgung der Templer
Guido Dieckmann: Die Mission der sieben Templer
Judith von Halle: Die Templer
Wilhelm Havemann: Die Geschichte der Templer
Wolfgang Holbein: Die Templerin
Andreas Meyer: Die letzten Templer
Thomas R. P. Mielke: Das Erbe der Tempelritter
Hans Rudolf Niederhäuser: Das Geheimnis des alten Turmes
Inge Ott: Das Geheimnis der Tempelritter
Dominic Schäfer: Die Lebensweise der Templer
Gerhard Volfing: Auf den Spuren der Templer in Österreich

Sonnenstern Digo

Eine Muschel, so groß wie deine Hand. Liegt im nassen Sand im hellen Sonnenschein. Ab und zu kommt eine kleine Welle und kitzelt sie mit dem Wasser des klaren blauen Meeres. Wahrscheinlich kennst du ein solches Meer, welches ein ganz besonderes Blau besitzt, schon aus deinen Träumen, oder du denkst, du bist genau an diesem Meer schon gewesen. Weiter und noch viel weiter, mehr wie 10.000 Schritte befindet sich dieses Meer und hier liegt von Sonnenaufgang bis Sonnenuntergang. Digo, eine Muschel ruhig inmitten von Steinen und kleineren und größeren Muscheln. Dieser von Digo gewählte Platz öffnet einen weiten Blick über den Strand und die sich in der Ferne aufragenden Berge.

Manche Tage hat sie an diesem Ort die unterschiedlichsten Abenteuer erlebt. Ahoja, ich glaube, es beginnt gerade wieder ein Abenteuer.

Dort hinten links aus den Bergen stürmen kleine, große und noch größere Kinder in Richtung Strand. „Johoo, wir sind Piraten und fahren auf die große See hinaus."

„Johohoo, wir bauen uns ein Piratenschiff so riesig wie einer dieser Berge. Wir fahren übers Meer, Sammeln Gold und Edelsteine, finden eine Stadt im Meer und wenn uns gerade danach ist, dann tanzen, singen und trommeln wir auf den Holzplanken unseres Schiffes."

Digo, die kleine Muschel, kann sich an viele Sonnentage erinnern, an denen solche Piratenschiffe riesig wie ein Berg, mit riesigen Segeln und Kajüten gebaut wurden. So manches Mal durfte er auch ein Teil des Schiffes sein und mit den Kindern Abenteuer bestehen. Wie bauen diese Kinder heute wohl so etwas?

Wim ist der größte Junge und hat auch schon einen Piratenhut auf dem Kopf, ihr wisst ja: Dies ist eine sehr wichtige Bedingung für den Kapitän. Nicht zu vergessen, sein Holzschwert, welches er gemeinsam mit seinem Vater geschnitzt hat. Nun gut der Vorrede, lasst uns zur Tat schreiten, denn die anderen zwölf Kinder trampeln schon ganz aufgeregt im Sand und rufen: „Kapitän, wir wollen endlich beginnen!"

Wim hält Ausschau nach einem geeigneten Ort, denn IHR wisst ja, was bei einem Schiffsbau beachtet werden muss. „Hier bauen wir!", ruft er aus und stellt sich genau neben Digo. Alle Kinder laufen wild um Wim herum und bringen Äste, Muscheln, Steine, Algen und, ach, einfach alles, was sie am Strand finden. Sie werfen wirkliches ALLES auf einen großen Haufen. Hm? Es sieht aus wie ein großer Berg. „Wir wollten doch ein Piratenschiff!", ruft Mark jedoch und holt aus seinem Rucksack ein Buch über Piraten und ihre Reisen mit Bildern.

Ihr könnt euch sicher vorstellen, wie ALLE ihn sofort umringten. Das ist ein Geschubse und Gerangel. „Ich will es auch sehen!" und „Ich war hier zuerst!" hört Digo die Kinder rufen. Glücklicherweise bleibt Wim ganz ruhig und ruft ein lautes „Hoho!", sodass es sofort ruhig wird.

Er nimmt das Buch und wählt ein Bild mit einem Piratenschiff. Mark und all die Kinder sind sofort begeistert. Wieder laufen alle Kinder durcheinander und es mag dir wirklich sehr durcheinander erscheinen. Nur dieses Mal lassen alle gemeinsam ein wundervolles Schiff im Sand entstehen. So eines hat noch keiner gebaut und natürlich auch niemand gesehen.

Die Äste sind die Holzplanken und die Kajüten sind durch Muscheln markiert. Die Masten sind auch aus Ästen und die Segel daran sind die Hemden und Blusen der Kinder. Es sieht aus wie ein bunter Segelbaum. Der Wind probiert auch gleich aus, in welche Richtung er die Segel blasen kann.

Ihr fragt nach dem Steuerrad? Ja natürlich, und der kleine Steuermann hat sich schon aus einem alten Wagenrad eines gebaut.

„Steuermann Tobias, ist alles bereit?", fragt der Kapitän Wim.

„Ai, Ai Kapitän."

„Dann lasst uns den Anker lichten!"

Hört, in der Ferne erklingt eine Schiffsglocke. Was soll ich euch sagen? Es war nun so, dass während des Schiffbauens die Sonne langsam hinter den Bergen verschwand und der Tag sich zur Ruhe legte. Im Dorf läutete die Großmutter die Schiffsglocke, damit alle Kinder nach Hause gehen.

„Ooooch", kam es aus allen Mündern der Kinder. Eigentlich wollten sie gleich auf die See hinaus. Wim überlegte einen Moment und nahm Digo die kleine indigofarben glänzende Muschel in die Hand und sagte: „Du passt heute Nacht auf unser Schiff auf."

Digo sagte: „Ai, Ai Kapitän." Das konnte Wim natürlich nicht hören und er weiß auch nicht, dass Digo in der Nacht ein indigofarbener Sonnenstern ist und weitere acht Geschwister hat ...

Auszug aus „Narzisst: Quo vadis?"

Mit freundlicher Genehmigung:
„Galleria Nazionali di Arte Antica, Roma (MiC) – Bibliotheca Hertziana,
Istituto Max Planck er la storia dell'arte/Enrico Fontolan.
Caravaggio, Narciso, Palazzo Barbarini, inv. 1569"

VORWORT

Dieses Buch hätte vor noch fünf Jahren nicht so geschrieben werden können. Und doch enthält es nichts, das sich nicht seit längerer Zeit hätte denken und erfassen lassen.

Noch klarer ausgedrückt: Die hier beschriebenen Sachverhalte waren dem menschlichen Denken und Fühlen nicht nur schon vor Jahrzehnten, sondern bereits in der Antike zugänglich. Was aber fehlte, war die Bereitschaft, oder auch nur der Anlass, sich mit den schwerwiegenden Konsequenzen dieses Entwicklungstrends auseinanderzusetzen.

Aggression hat es schon immer im zwischenmenschlichen Verhalten gegeben. Jedoch hat sich dieses gegenwärtig auf einen hohen Prozentsatz der Menschen, vorwiegend in der westlichen Welt, ausgedehnt. Zusätzlich ist die „Gierwirtschaft" auf kollektiver Ebene zu einer akzeptierten Form geworden. Auf persönlicher Ebene verharren die Menschen auf dem Schema „Do ut des", des „Ich gebe, damit du gibst". Dies erklärt die Unfähigkeit, den persönlichen Raum zu überschreiten und von einem Habens-Bewusstsein zu einem Seins-Bewusstsein zu kommen.

In jüngster Vergangenheit hat in vielen Ländern ein drastischer Schub negativer Phänomene stattgefunden. Auf eine morbide Gesellschaft – bei einer krakenhaften Ausdehnung der Macht- und Informationsballung über Staatsgrenzen hinweg, bis zu einer besorgniserregenden Zunahme von aggressiver Gewalt, sexuellem Missbrauch von Kindern und Jugendlichen, sogar Sodomie – traf eine globale Pandemie in den Jahren 2020 bis 2022, sowie der Angriffskrieg Russlands gegen die Ukraine ab 24. Februar 2022.

Der gesamte blaue Planet ist in einer Umbruchsituation. Es ist der Anfang einer beschleunigten Evolution. Eine Zeitenwende kündigt sich an. Eine ähnlich gefährliche Situation einer atomaren Auseinandersetzung gab es bereits in den sechziger Jahren, wo ebenfalls der demokratische Westen, USA und Europa, gegenüber dem kommunistische Osten, UdSSR und seine Trabanten, standen. Diese Krise wurde gemeistert. Lotus, ein Alien, der den blauen Planeten besucht, denkt in größeren Zeitläuften. Er zieht sogar die Legende Platons über Atlantis in seine Überlegungen ein: Eine hochentwickelte Zivilisation, von Hochmut – superbia – getrieben, hatte einen Angriffs- und Zermürbungskrieg gegen Länder des Mittelmeeres begonnen, der vor 12.000 Jahren schließlich zu einem kataklystischen Untergang führte.

Hermes Trismegistos, ein Atlanter, der später zum ägyptischen Thoth – Gott der Weisheit – wurde, übermittelte den Erdbewohnern hermetische Prinzipien. Nur eine Einbeziehung dieser Weisheiten und die dadurch erhoffte Veränderung der Wertesysteme, könnten der aktuellen Krise entgegentreten.

Dies ist auch die Mission von Lotus, der in der Nationalbibliothek in Wien untersucht, ob Qualitäten von Erdlingen, die nach hermetischen Prinzipien handelten und lebten, einen atomaren Super-GAU abwenden könnten. Für jedes der sieben hermetischen Gesetze – die im gesamten Kosmos und zu allen Zeiten wirkten – werden entsprechende Biographien gefunden:

1. Stephen Hawking – das Gesetz des Geistes
2. Friedrich Schiller – das Prinzip der Resonanz
3. Laotse und das Tao Te King – das Prinzip der Schwingung
4. Martha Graham – das Prinzip des Rhythmus
5. Rainer Maria Rilke – das Prinzip der Polarität
6. Agatha Christie – das Prinzip von Ursache und Wirkung
7. Hildegard von Bingen – das Prinzip des Genders

All diese Menschen agierten im Gegensatz zu narzisstischem Verhalten und ausschließlich persönlichen Vorteilen.

In der Nationalbibliothek begegnet Lotus Marta, einer jungen Studentin, die eben von ihrem narzisstischen Freund und Kollegen fallen gelassen wurde. Sie hat sich mit dem allgegenwärtigen Thema der narzisstischen Gesellschaft schon längere Zeit beschäftigt. Jetzt ist es zu ihrem persönlichen Anliegen geworden, das die Analyse umso emotionaler, aber auch prägnanter macht.

Getrieben von Schmerz und Enttäuschung verfasst Marta, deren Berufsziel Journalismus ist, Abhandlungen, die Narzissmus auf persönlicher und kollektiver Ebene charakterisieren (ebenso wie die Biografien der drei weiblichen Repräsentanten, die nach hermetischen Prinzipien lebten):

- Mythos und Ursprung des Narzissmus
- Narzissmus im Reigen von Familie, Partner und Kindern
- Narzissmus im Spiegel der Geschlechter

Lotus und Marta sehen im narzisstischen Verhalten eine ebenso zerstörerische Gefahr innerhalb der westlichen Welt, wie einen externen Atomwaffenangriff: Narzissmus als interne Atombombe mit kollektiver Zerstörungsgefahr.

Die Begegnung und der unterschwellig galaktische Flirt Lotus mit Marta lädt zum Schmunzeln ein. Doch die Untersuchungsergebnisse der zukünftigen, sehr zornigen Journalistin über Narzissmus in Familie und Partnerschaft sind explosiv. Dies zeigt, dass der blaue Planet nicht nur von einer äußeren kollektiven Atombombe bedroht ist, sondern auch von der inneren Gefahr des persönlichen Narzissmus in zwischenmenschlichen Beziehungen.

Trotz aller Gefahren eines Weltuntergangsszenarios ist es auch die unverblümte Absicht dieses Buches, unterhaltend zu sein. Im Rahmen einer SciFi – früher hätte man die Form einer Fabel gewählt – wird der Besuch und die Erlebnisse des Alien Lotus auf dem blauen Planeten geschildert. Er soll eine Bestandsaufnahme des akuten Risikos einer atomaren Ausrottung der Menschheit machen. Dies würde auch das Gleichgewicht der Galaxien stören, wenn der blaue Planet zu Atommüll wird. Die Situation ist hoffnungslos, aber nicht ernst, so wie es in Österreich gesagt wird. Jedoch es gibt eine Metaebene, die auch positive Lösungen anzeigt.

So ist der Ausgang dieser SciFi-Geschichte auch optimistisch und gibt Hoffnung, dass die Blume Narzisse den Tod des schönen Jünglings Narzissmus überwinden kann. Die hermetischen Prinzipien des Hermes Trismegistos – denen so manche besondere Menschen in der Vergangenheit bereits folgten – mögen heute viele Nachfolger finden.

Diese Geschichte will erzählen und erzählend Wissen aus vielen Epochen vermitteln, ebenso auf gefährliche Symptome des Verhaltens aufmerksam machen, die die gegenwärtige Gesellschaft charakterisieren. Der Leser kann irgendwo aufschlagen und beliebig bei jedem Kapitel beginnen. Wo sein Interesse geweckt wird, sollen ihm die Literaturhinweise den Zugang zu den Quellen erleichtern (die aber nur den blauen Planeten und geschichtliche Zeiten betreffen).

Das hier zusammengetragene Material beruht auf meiner mehr als 15-jährigen Tätigkeit als Psychotherapeutin (Symboldrama) sowie auf meiner Arbeit als Economist in Afrika (Senegal) und Asien (Philippinen, Asiatische Entwicklungsbank), mit vielen Missionen in Ländern dieses Kontinents sowie im OECD Development Center, Paris. Diese Erfahrungen in unterschiedlichen Kulturen haben gezeigt, dass menschliche Bedürfnisse nach Akzeptanz und Toleranz überall gleich sind, ebenso wie negative Eigenschaften des lebensbedrohlichen Egozentrismus.

Am Ende darf ein Wort des Dankes nicht fehlen, an alle und alles, das mir hilfreich bei der Abfassung des Buches zur Seite stand. Lehrer*innen, Professor*innen vieler unterschiedlicher Fakultäten, Kolleg*innen, Freund*innen und viele Bücher prägten mein Weltverständnis sowie meinen Schreibstil. Dr. Renate Dorner hat mit Engagement und Sorgfalt das erste Editing des Manuskriptes durchgeführt. Afrodita Posch war hilfreich bei der Übertragung der Korrekturen sowie bei Anregungen zur Kürzung und Klarheit. Ein großes Dankeschön an alle.

Glück auf zur Lektüre!

Autorenverzeichnis

AB
erlitt als Kind einen Schlaganfall. Dies zog einen Neuanfang in jeglicher Hinsicht nach sich: Alltägliches wie Sprechen, Schreiben, Laufen mussten neu erlernt werden. Die Ärzte entließen sie mit einer falschen Diagnose und mit der Aussage, dass sie nicht lange leben werde; dass, wenn sie die Note 4 von der Schule mit nach Hause bringe, dies das achte Weltwunder wäre und sie nur noch Rollstuhl fahren werde.

OLIVER BECKER
ist Experte, Speaker und Autor für Persönlichkeitsentwicklung, Leadership und Digitalisierungsmindset. Seit mehr als zwei Jahrzehnten ist er erfolgreich in verschiedenen Führungspositionen für bis zu mehrere hundert Menschen tätig. Aktuell steht er vor der Fertigstellung seines ersten Sachbuchs zum Themenkomplex „Führung/Leadership".

CHRISTINE BRILLA
im Jahr 1970 geboren, wuchs als 11. Tochter einer großen Pfarrfamilie auf. Als Kind flüchtete sie sich gerne in die Welt von Büchern. Später entstand der Wunsch, eigenen fiktiven Charakteren Leben einzuhauchen. Nach der Publikation vieler Kurzgeschichten arbeitet sie derzeit an einem biografischen Roman.

CHRISTINE DÖHLER

wuchs in der Oberlausitz auf, ist promovierte Psychologin und arbeitete viele Jahre leidenschaftlich gern als psychologische Psychotherapeutin. Jetzt, im Ruhestand, lebt sie am Stadtrand Berlins, hat eine große Familie und hält ihre Erfahrungen und Gedanken in Texten und Bildern fest.

WALTER ECKERT

Jahrgang 1941, war als Tai-Chi- und Chi-Gong-Dozent tätig. Er besitzt die Gabe, als Mittler zwischen der irdischen und der geistigen Welt zu wirken, und führt mit über 300 spirituellen Vorträgen die Tradition der geistchristlichen Lehre in einer Reinheit fort, wie sie nur selten in unserem Sprachraum zu finden ist.

THOMAS KLOEVEKORN

Jahrgang 1948, studierte Architektur und übte diesen Beruf 36 Jahre lang aus. 2011 reifte in ihm der Wunsch heran, seine im spirituellen Bereich erlangten Erfahrungen mit seinen Mitmenschen zu teilen. Zu seinen zentralen Aussagen zählt, dass kein Leben umsonst und jeder für sich selbst verantwortlich ist.

SEEMONA FALKE

Beruflich war Seemona Falke in verschiedenen Funktionen als Rechtsanwältin tätig. In ihrer Familienzeit bildete sie sich spirituell und medial weiter. In mehreren Nahtoderfahrungen erlebte sie die Loslösung der Seele vom Körper. Aus der engen Verbindung mit der geistigen Ebene entstanden vorliegende Gedichte.

TATJANA GASPAR

Als gebürtige Kroatin wächst Tatjana Gaspar in der Schweiz auf. Seit 2017 ist sie selbständig als Business Consultant, diplomierter systemischer Coach, Dozentin für Erwachsenenbildung und Geschäftsführerin tätig. Die Autorin ist begeisterte Sporttaucherin und Unterwasserfotografin, liebt die Bewegung in der Natur und spricht 7 Sprachen. „Der kleine Albtraum" ist ihr erstes veröffentlichtes Buch.

TANJA HOLM

stolze Mutter zweier Kinder, wurde 1974 an der Nordseeküste geboren. Anfang der 90er-Jahre begann sie mit dem Schreiben von Gedichten und Kurzgeschichten, worauf bis heute ihr literarischer Fokus liegt. 2010 erfolgte die Publikation ihres ersten Buches.

JULIA KRAFT

ist 40 Jahre alt und bezeichnet sich als rasend feministisch. Sie ist der festen Überzeugung, dass der Feminismus das Potenzial hat, Frauen in großem Stil zu politisieren und zu mobilisieren. Dies kann aber nur gelingen, wenn feministische Anliegen nicht losgelöst von der sozialen Realität propagiert werden.

TARIRO LYS

begann schon in ihrer Kindheit, vor fast 10 Jahren, damit, eigene Geschichten oder Gedichte zu verfassen. Zu ihren bevorzugten Genres gehören Fantasy und Mystery. Ihre Lieblingsbücher sind „Coraline" von Neil Gailman und „Die Chroniken von Narnia" von C. S. Lewis.

EDDIE MEIER

geboren 1940, lebte ein sehr erlebnisreiches Leben, das in seine Romane einfließt. Er ist als Mentaltrainer einer Radsportgruppe tätig. Im Pferdesport wurde er in der Kategorie Robustpferde im Springreiten als Schweizer Meister ausgezeichnet. Außerdem liegen seine Interessen im Nordic Walking und Deep Water Running – im Zuge dessen „rannte" Meier von Europa nach Asien.

DR. BURKHARD MIELKE

lebt in Berlin. Sein beruflicher und persönlicher Fokus liegt auf internationalen schulischen Begegnungen, Schulleitungen und Schulsystemen, Austauschfahrten mit Schüler:innen sowie Bildungskongresse in Europa und weltweit. Seine Faszination liegt außerdem im Bereich des Reisens.

FELIX PETRUSCHKE

Der Autor, Jahrgang 1992, hat Politik- und Rechtswissenschaften in Tübingen, München und Paris studiert. Seit 2019 arbeitet er als Journalist in München. Er liebt sowohl die bayerischen Berge als auch die steilen Küsten der Bretagne. Sie erreichen ihn unter: fp@petruschke.info

STEFANIE RANDAK

ist eine junge Autorin aus Eggenfelden. Sie publizierte bereits vier Bücher, darunter zwei Kurzgeschichten. Ihre Werke sind vielfältig, sowie auch deren Titel: „Herbstverwesung" (Thriller) und „Sowieso Single – Carlottas Weg zur Selbstliebe" (Gesellschaftsroman).

RÜDIGER SCHLAGOWSKI

hat neben seiner Lehrtätigkeit an einer Grundschule immer wieder zu seiner Leidenschaft – dem Schreiben von Texten, Geschichten und Gedichten – zurückgegriffen. Nun, im vorzeitigen Ruhestand, kann er mehr Zeit für sein Hobby aufwenden und freut sich bereits jetzt auf das Verfassen weiterer Romane.

KERSTIN SCHWARZ

wurde 1969 in Berlin geboren. Seit der Absolvierung ihres Lehramtsstudiums arbeitet sie als Lehrerin und lebt in Leipzig sowie Berlin. Zäsuren in ihrem Leben brachten sie zum Schreiben. Durch ihre Ausdrucksform in Gedichten und Erzählungen findet sie die Möglichkeit, ihren Gedanken und Gefühlen mehr Raum zu geben.

BERND TAGLIEBER

Jahrgang 1949, ist Organisationsberater und Coach und arbeitet mit seinem Unternehmen btb für Firmen und Krankenhäuser. Er ist Co-Autor des Buches „Burnout vorbeugen". In seiner freien Zeit, besonders in Urlauben, bricht seine kreative Ader durch und er verfasst Kurzgeschichten und Gedichte.

CHRISTOPH ULBRICH

Jahrgang 1949, wuchs in Berlin auf, schloss die Mittlere Reife ab und absolvierte ein Maschinenbaupraktikum bei Siemens sowie eine landwirtschaftliche Lehre. Weiters arbeitete er als Lkw-Fahrer, als Funkoffizier auf Großer Fahrt, als Hafenarbeiter in Hamburg und als Van-Carrier-Fahrer und übte Tätigkeiten in sozialtherapeutischen Einrichtungen aus. Ulbrich ist verheiratet und seit 2012 in Rente.

BEATE WEIKERT

ist in Halle/Saale geboren. Sie arbeitet als Pädagogin mit Kindern und hat ein Studium in der Kinderpsychologie absolviert. Besonders liegt ihr Phantasie und Kreativität am Herzen. Als Taijiquan- und Qigong-Lehrerin ist sie seit 20 Jahren tätig. Mit ihrem ersten Buch „Neun Sonnensternkinder" sendet Sie nun ein Sammlung von Geschichten zum Träumen, Phantasieren und Mut fassen, hinaus.

DR. TRAUTE WOHLERS-SCHARF

wurde 1938 in Wien geboren. Nach ihren Doktoratsstudien begann sie eine Karriere bei internationalen Organisationen wie IDEP, UNIDO, Asiatische Entwicklungsbank und OECD. Sie absolvierte eine professionelle Ausbildung zur Psychotherapeutin und war als solche tätig. Zu ihren Interessen zählen neben dem Lesen, Bridge Spielen, Golfen, Malen und Töpfern, auch das Reisen, sowie seit Kurzem die gesunde Küche.